시는 살아 있다

성민엽의
중국 시 이야기

시는 살아 있다
── 성민엽의 중국 시 이야기

펴낸날 2024년 8월 8일

지은이 성민엽
펴낸이 이광호
주간 이근혜
편집 유하은 김필균 이주이 허단 윤소진
마케팅 이가은 최지애 허황 남미리 맹정현
제작 강병석
펴낸곳 ㈜문학과지성사
등록번호 제1993-000098호
주소 04034 서울 마포구 잔다리로7길 18(서교동 377-20)
전화 02) 338-7224
팩스 02) 323-4180(편집) / 02) 338-7221(영업)
대표메일 moonji@moonji.com
저작권 문의 copyright@moonji.com
홈페이지 www.moonji.com

© 성민엽, 2024. Printed in Seoul, Korea

ISBN 978-89-320-4306-7 93820

시는 살아 있다

성민엽의
중국 시 이야기

성
민
엽
지
음

문학과
지성사

살아 있는 시, 살아나는 시

인터넷에서의 글쓰기를 시작하고서 해가 세 번 바뀌었습니다. 네이버 프리미엄 콘텐츠에 "성민엽의 문학 이야기"라는 이름으로 개설한 채널입니다. 살아 있는 시를 찾고 그 시가 더욱 살아나는 모습을 보는 것. 이것이 스스로 맡은 임무였습니다. 제 전공이 현대 중국 문학이어서 중국의 현대시를 많이 다루게 되었지만 '중국'의 '현대시'만이 아니라 '시' 자체를 보는 것이 취지입니다. 〈성민엽의 문학 이야기〉에 올린 글 중 서른다섯 편을 가려내어 이 책을 구성했습니다. 책으로 만들면서 약간씩 고친 곳도 있고 주석을 달기도 했습니다.

제 작업의 대전제는 우리 모두가 다 시인이라는 것입니다. 1907년에 청년 루쉰이 다음과 같이 말한 적이 있습니다.

평범한 사람의 마음에도 시가 없을 수 없으니, 시인이 시를 짓는 것과 다르지 않다. 시는 시인의 전유물이 아니다. 시를 읽고 마음으로 이해하는 사람은 그 자신에게도 시인의 시가 있는 것이다. 그렇지 않다면 어떻게 이해할 수 있겠는가? 시가 있기는 하지만 말로 표현하지 못할 뿐인데, 시인이 대신 말로 표현하면 채를 잡고 현을 통기자마자 마음속의 현이 즉시 공명하고, 그 소리가 마음 깊은 곳까지 울린다.

— 「악마파 시의 힘」에서

중요한 것은 공명입니다. 시인이 지어낸 시가 독자 마음속의 잠재적 시에 공명을 일으켜 그것을 나타나게 하는 것입니다. 음향공학적으로 볼 때 고유 주파수가 같은 물질이 없다면 어떻게 공명이 일어나겠습니까? 이 공명의 비유에 저는 격하게 동의합니다. 공명은 시를 시인의 것이면서 동시에 독자의 것으로 만들어줍니다. 공명을 일으킨 우리 모두는 시인입니다.

다만 이 공명은 저절로 이루어지는 것이 아닙니다. 독자의 노력이 필요합니다. 그 노력을 거쳐 독자 자신도 시인이 되는 것입니다. 또 이 공명은 미리부터 한 가지 모습으로만 정해져 있는 것이 아닙니다. 독자에 따라 다른 모습의 공명이 가능합니다. 이 공명 속에서 시가 살아납니다.

시를 읽을 때 문학적 해석을 너무 빨리 선택하면 안 됩니다. 그것은 마치 공명의 조건을 다 갖추기도 전에 먼저 강제로 진동을 일으키는 것과 같습니다. 그것은 공명이 아닙니다. 시를 다 읽기도 전에, 혹은 다 읽지도 못하고, 키워드 몇 개만을 선택하고서 그 키워드들이 무엇을 의미하느냐를 현학적으로 열심히 논하는 경우를 상정해보면 무엇이 문제인지 금세 알 수 있습니다. 그런 해석은 가능한 한 보류하고, 먼저 어법적인 파악부터 차근차근, 꼼꼼하게 수행해야 합니다. 모국어 시를 읽을 때도 그러하니 외국어 시의 경우에는 더 말할 나위가 없습니다. 중국어가 모국어인 중국 평론가나 연구자도 적지 않은 어학적 오류를 범하고 있으니 저 같은 외국인 독자는 더욱더 위태롭습니다. 물론 해석적 고찰과 어법적 파악이 서로를 제약하고 서로에게 영향을 미치는 경우가 많습니다. 꼭 어느 게 먼저라고 단정 지을 수는 없습니다. 해석으로 나아갈 때에는 먼저 내재적 해석을 최대한 탐색하고, 그런 뒤에 비로소 조심스럽게 외재적 해석을 시도하는 방식으로 작업을 진행했습니다. 때로 외재적 해석 없이는 내재적 해석이 불가능한 경우도 있기는 합니다만 이런 경우가 그리 흔치는 않았습니다.

한 편 한 편을 자세히 읽는 작업을 하면서 전에는 몰랐던 것을 알게 되고 보이지 않았던 것이 보이게 되는 일이 의외로 많았습니다. 이것은 정확성만의 문제가 아니었습니다. 그 과정에서 시가 살아나는 모습을 목도하게 되니 정말로 신기한 느낌이 들었습니다. 또한 다양한 번역과 해석이 가능하다는 말은 번역자나 해석자가 자신의 주관을 멋대로 작용시켜도 된다는 뜻이 아님을 실감하게 되었습니다. 오히려 반대입니다. 번역자나 해석자가 자신을 절제하고 자신의 오류 가능성을 끊임없이 되돌아볼 때 비로소 진정한 다양성이 가능해집니다. 저 나름으로 노력한다고는 했지만 여전히 부족했을 것입니다. 독자 여러분의 아낌없는 질정을 기대합니다.

2024년 8월
관악산 기슭 복조헌鵩鳥軒에서
성민엽

차례

현대시의 하늘로 날아오르다

후스胡適(1)
(1891~1962)

중국의 현대시의 시작이 어디인지에 대해서는 칼로 자르듯 명쾌하게 단언할 수 없지만, 1917년 2월에 발표된 후스의 '백화시白話詩' 여덟 편과 1918년 1월에 발표된 후스, 선인모, 류반눙의 '신시新詩' 아홉 편이 그 시작의 부근에 있는 것들이라고는 말할 수 있습니다. 시작 부근에서 중국 현대시의 선구자들이 어떤 고민을 하고 있었는지 후스의 시 한 편을 통해 살펴보도록 합시다. 살펴볼 작품은 '백화시' 여덟 편 중의 하나인 「친구朋友」입니다. 나중에 "나비蝴蝶"로 제목을 바꾸었지만 발표 당시의 제목은 "친구"입니다.

兩個黃蝴蝶, 雙雙飛上天
不知爲什麼, 一個忽飛還

剩下那一個,　孤單怪可憐

也無心上天,　天上太孤單

　　중국 고전시에 익숙한 분들은 보자마자 대번 말할 것입니다. 이건 고전시잖아,라고요. 그렇지요, 각 구句가 일정하게 다섯 자로 되어 있고 그런 구가 모두 여덟 개이니 이른바 오언팔구五言八句의 '시詩'와 똑같은 형태입니다. 이 '시'는 중국 고전시 중 한 장르의 이름이어서 우리가 넓은 의미로 동서고금의 각종 시 장르를 총칭할 때의 시와는 다른 것이고, 한국에서 많이 사용되는 말로는 한시漢詩와 같은 것입니다. 이 책에서는 이 '시'에 작은따옴표를 쳐서 구별하겠습니다. 형태를 살피기 전에 먼저 번역을 해야겠습니다.

　　두 마리 노란 나비, 나란히 하늘로 날아오른다

　　어찌 된 일일까, 한 마리가 갑자기 돌아가네

　　남은 저 한 마리, 외롭고 불쌍하다

　　하늘로 오르고 싶지 않아, 하늘은 너무 외롭네

　　이 시는 번역 이전에 해석의 문제가 있습니다. 네번째 행의 첫 구를 어떻게 읽느냐 하는 것입니다. 제가 조사한 바로는 기왕의 해석 대부분이 '남은 저 한 마리도 하늘로 오르고 싶지 않다, 혼자 남게 되니 너무 외로워서'라는 뜻으로 읽습니다. 중국어의 '無心'이라는 말이 '~하고 싶지 않다'라는 뜻으로 많이 사용되는 것이 사실입니다. 하지만 이 말은 '무심하게'라는 뜻으로도 사용될 수 있습니다. 중국어 사전에도 등재된 뜻이고, 옛 시 중에는 도연명의 「귀거래사」에 "구름은 무심히 산봉우리에서 나오네雲無心以出岫"라는 유명한 구절이 있습니다. 이렇게 본다면 '그래도 무심히 하늘로 오른다'라는 번역이 가능해집니다.

한 영어 번역자는 뜻밖에도, 남은 저 한 마리가 돌아온('돌아간'이 아니라) 한 마리이고, 돌아온 뒤에 다시 하늘로 날아오르고 싶지 않은 이유는 날아올라봐야 이제는 저 혼자일 수밖에 없음을 알기 때문이라고 풀이하기도 합니다. 아예 네번째 구를 "One didn't return"이라고 번역하면서 말이죠. 이건 아닌 것 같습니다. 시의 화자가 나비들을 바라보고 있는데, 그 시선이 지상에 남아 있는 것이 아니라(위의 영어 번역자는 남아 있는 것으로 본 거죠) 나비들과 함께 이동하는 것이라면 한 마리가 갑자기 돌아오는 것이 아니라 돌아가는 것이 됩니다. 그러면 당연히 남은 한 마리는 계속 날아오르는 나비인 것입니다. 이 점에는 대부분의 해석자가 동의합니다.

제가 주목하는 것은 화자의 시선이 마지막 행에 가서는 더 이상 외부에만 있지 않고 남은 한 마리의 나비에 동화된다고 볼 수 있다는 점입니다. 이 동화와 더불어 화자가 나비이고 나비가 화자가 되며, 외로움에도 불구하고 계속 날아오르려 하는 의연함이 세워지며, 바로 이 장면에서 시적 인식이 성립되고 시적 자아가 형성된다고 저는 봅니다. 이렇게 해서 시가 되는 것이지요. 만약 이 나비가 외로워서 자기도 돌아가고 싶어진다면 이것은 상식적이고 평범한 하소연에 그치고 마는 것이 아닐까요?

물론 저의 검토가 지나친 것일 수 있습니다. "也"를 '~도'로, "無心"을 '~하고 싶지 않다'로 보고 마지막 행을 '(남은 한 마리도) 하늘로 오르고 싶지 않아, 하늘은 너무 외롭네'라고 번역하는 것이 어법적으로 더 온당할 것입니다. 그리고 이렇게 읽는다고 해서 남은 한 마리도 꼭 지상으로 돌아가는 게 되는 것만은 아닙니다. 더 이상 날아오르고 싶지 않아졌어도, 그럼에도 불구하고 계속해서 날아오를 수 있으니까요. 다만 강조되는 의미 요소는 확실히 달라집니다.

시 안에서 이해가 완성되지 않을 때 우리는 시 바깥을 참조하게 됩니다. 후스의 일기를 통해 보면 그가 이 시를 쓴 것은 1916년 8월 내지 9월 무렵이었던 것으로 추정됩니다. 이때 후스는 미국 유학 중이었고 중국에서 온 다른 유학생들과 긴밀하게 교류했는데, 백화(중국의 구어)로 시를 써야 한다는 후스의 주장에 대부분의 친구들이 반대했다고 합니다. 런수융이 적극 찬성했지만 갑자기 그도 반대로 돌아섰고, 그러자 후스는 런수융에게 편지를 써서 백화시 쓰기에 대한 자신의 의지를 다음과 같이 강력하게 표명했습니다.

동지를 얻어 함께 가지 못하고 나 혼자 나아가야 하는 것이 안타깝네. 하지만 내 뜻은 이미 결정되었네. 그대들은 나를 몇 년 기다려주시게. 이 새로운 나라가 전부 불모의 땅이라면, 나 역시 '문언시의 나라文言詩國'로 돌아올지도 모르네. 하나 다행히 성취가 있게 된다면, 가시덤불을 치운 뒤에 문을 활짝 열고 그대들을 맞이하겠네.

이때가 8월 4일입니다. 그 뒤에 「친구」를 비롯해 네 편의 시를 썼고 이 시들로 비로소 친구들의 인정을 받았다고 9월 14일 자 편지에서 쓰고 있습니다. 바로 이 일련의 과정에 비추어 보면 「친구」를 어떻게 읽어야 할지 알 수 있을 것 같습니다.

세간에는 다른 이야기도 많이 유포되어 있습니다. 그것은 이 시를 연애시로 읽는 것입니다. 미국 유학 시절 후스에게는 두 명의 여자친구가 있었다고 합니다. 한 명은 미국인 여성 화가 이디스 클리퍼드 윌리엄스입니다. 1914년 코넬대학 시절에 이타카에서 만나 교제하기 시작한 두 사람은 평생의 지기로 지냈다고 합니다. 다른 한 명은 소설가이자 서양사학자이며 훗날 중국 최초의 여교수가 된 천형저인데, 미국에서 함께 교류한 유학생 친구들 중의 하나였습니다. 천형저는 1920년에 마찬가지로 그 친구들 중의 하나였고 후스와 백화시 문제로 토론하던 런수융과 결혼합니다. 「친구」를 연애시로 읽는 사람들은 두 마리 나비를 후스와 윌리엄스로, 또 후스와 천형저로 보고자 합니다. 만약 그렇게 본다면, 윌리엄스의 경우에는 돌아간 나비가 후스가 되고(어렸을

적의 약혼에 구속된 후스가 윌리엄스와의 사이에 선을 그었으므로),
천형저의 경우에는 다른 남자에게 간 천형저가 돌아간 나비가 됩
니다. 어떤 이들은 나비의 노란색이 인종을 뜻한다고 보고 이를
두 나비가 후스와 천형저라는 주장의 한 근거로 제시하기도 합니
다. 저는 별로 공감이 가지 않지만 세간에서는 몹시 사랑받는 이
야기들입니다.

　　이제 형태를 살펴봅시다. '시'는 '사詞'와 더불어 중국 고전
시의 대표적인 장르인데, 이 '시'는 다시 고체시古體詩(혹은 고시
古詩)와 근체시近體詩 두 가지로 나뉘고, 근체시는 그 길이에 따
라 다시 절구絕句, 율시律詩, 배율排律 세 가지로 나뉩니다. 후스
의 「친구」는 오언고시 또는 오언팔구의 근체시, 즉 오언율시와 외
형이 같은 것처럼 보입니다.

　　하지만 좀더 자세히 들여다보면 「친구」는 절대로 율시가 아
닙니다. 율시의 엄격한 규칙을 대부분 지키지 않았기 때문입니다.
제2구, 제4구, 제6구, 제8구에서 하나의 운으로 각운을 맞추지 않
았고, 제3구와 제4구, 제5구와 제6구를 대구對句로 만들지 않았
고, 같은 글자의 중복 사용이 너무 많습니다. 단지 각 구의 두번
째 글자와 네번째 글자의 음조의 높낮이를 반대되게 하는 규칙
(평측법이라고 부릅니다)만 지켰습니다.

　　그러면 오언고시일까요? 고시는 근체시에 비해 형식이 훨씬
자유롭습니다. 심지어 각 구의 글자 수가 일정하지 않은 고시도
있을 정도입니다. 그러므로 「친구」를 고시라고 보아도 무방할 수

있습니다. 후스가 이 시를 '백화시'라고 부른 것은, '백화'로 '시'를 썼다는 뜻입니다. '백화'는 구어를 가리키는 말로서 문어를 가리키는 '문언文言'에 반대되는 말입니다. '백화'가 바로 중국어이고, '문언'은 한국에서 사용하는 용어로는 바로 한문입니다. 그러니까 '백화시'의 '시'가 고전시 중의 '시'나 그 '시' 중의 고시를 가리키는 것이라고 한다면 '백화시'는 한문이 아니라 중국어로 '시'를 썼다는 뜻이 되겠습니다.

하지만 중국어로 '시'를 썼다고 해서 그것이 현대시가 되는 것일까요? 당연히 아닙니다. 후스가 '백화시'라고 했을 때 그 '시'의 의미는 중국 고전시 중의 '시'에 그치는 것이 아니라 일반적 의미의 시로 확장된다고 저는 생각합니다. 「친구」에서 후스는 중국어로 쓰는 것 이외에도 현대시의 시작과 관련하여 유의미한 두 가지 시도를 했습니다. 이 시도는 중국 고전시가 아닌 영시와 관계됩니다.

첫째는 각운입니다. 「친구」의 각운은 제2구와 제6구가 yan으로, 제4구와 제8구가 an으로 맞춰져 있는데 이처럼 두 개의 운을 번갈아 사용한 예는 고시에 없습니다.

둘째는 시행의 배치입니다. 두 구를 한 행으로 하여 네 개의 시행을 배치했는데 2행과 4행의 첫 글자를 한 글자씩 들여 썼습니다(발표 당시에는 세로쓰기를 했으므로 한 글자씩 내려 썼습니다). 이런 배치는 고시에 없습니다.

후스가 이 시의 제목 아래에 붙인 설명은 바로 그 두 개의 시도를 가리키는 것입니다. 그 내용은 이러합니다. "이 시는 天憐을 하나의 운으로 하고, 還單을 하나의 운으로 했기 때문에 서양시의 작법을 사용, 한 칸씩 높이고 낮춤으로써 (두 개의 운을— 인용자) 구별했다."

영시의 예를 하나 살펴보겠습니다. 사라 티즈데일의 네 부로 구성된 시 「지붕 너머로」 중 제2부의 첫 연입니다. 후스는 이 시의 제4부를 중국어로 번역했는데, 이 번역에 대해서는 다음 글에서 살펴보겠습니다.

Oh white steam over the roofs, blow high!

Oh chimes in the tower ring clear and free!

Oh sun awake in the covered sky,

For the man I love, loves me! …

"high"와 "sky"가 라임을 맞추었고 "free"와 "me"가 라임을 맞추어 abab 형태의 압운을 하였고, 시행을 번갈아 한 칸씩 들여 썼습니다. 후스의 「친구」와 똑같습니다.

지금 보기에는 별로 대단한 게 아닌 것 같고, 게다가 서양 시를 흉내 낸 것에 불과하다고 생각될 수도 있겠지만, 중국 현대시의 시작 부근에서 행해진 적극적인 탐색이라는 점을 충분히 인정해야 한다고 저는 생각합니다. 당시 친구들이 후스의 백화시를 인정하게 된 이유도 바로 이러한 점 때문일 것입니다.

사랑의 망설임에서 사랑의 기쁨으로

후스(2)

중국의 '신시新詩'는 우리말의 현대시에 해당합니다. 처음에는 '구시舊詩' 혹은 '구체시舊體詩'에 대응하는 말로 나왔는데 이 말이 지금도 현대시를 뜻하는 말로 사용되고 있는 것입니다. 후스는 「친구」를 포함한 '백화시' 여덟 편을 발표한 뒤 '신시'라는 이름 아래 계속 시를 발표했는데, 자신의 시 「가두지 못해關不住了」(1919)를 "신시 성립의 신기원"이라고 스스로 칭했습니다. 많은 사람이 이 말에 동의하는 것 같습니다. 후스는 이 시를 쓰면서 다음과 같은 깨달음을 얻었다고 밝혔습니다. 즉, 백화(구어로서의 중국어)의 어휘와 문법과 자연스러운 음절을 충분히 채용하고, 각 행의 길이가 일정하지 않은 시를 써서 시의 산문화와 시의 백화화를 통일해야만 비로소 구체시의 범위를 벗어나 '시체의 대해방'을 실현할 수 있다는 것입니다.

그런데 이 시는 창작이 아닙니다. 사라 티즈데일의 「Over the Roofs」를 번역한 것인데, 그 번역의 방식과 내용을 자세히 들여다보면 흥미로운 점을 많이 발견할 수 있습니다. 먼저 후스의 「가두지 못해」를 1919년의 잡지 발표본이 아니라 1922년판 시집에 수록된 수정본으로 원문과 번역문을 함께 살펴보겠습니다.

我說"我把心收起,
내가 말했지요 "나는 마음을 거두었어,

　像人家把門關了,
　사람들이 문을 닫듯이,

叫'愛情'生生的餓死,
'사랑'을 멀쩡히 굶겨 죽이면,

　也許不再和我爲難了"
　더 이상 나를 불편하게 못 하겠지"

但是五月的濕風,
하지만 5월의 촉촉한 바람이,

　時時從那屋頂上吹来;
　자꾸만 저 지붕 너머에서 불어왔어요;

還有那街心的琴調
그리고 저 거리의 피아노 곡조가

　一陣陣的飛來。

간간이 날아왔어요.

一屋裡都是太陽光,

방에는 온통 햇빛이 가득했고,

　這時候'愛情'有點醉了,

　그때 '사랑'은 살짝 취해버려서,

他說: "我是關不住的,

그가 말했지요: "나를 가두진 못해,

　我要把你的心打碎了!"

　네 심장을 부숴버리겠어!"

「Over the Roofs」는 다음과 같습니다(한글 번역은 제가 한 것입니다).

I said, "I have shut my heart,

내가 말했지요, "내 마음을 닫아버렸어,

　as one shuts an open door,

　사람들이 열린 문을 닫듯이,

that Love may starve therein

저 '사랑'이 거기에서 굶어 죽으면

　and trouble me no more."

　더 이상 나를 불편하게 못하겠지."

But over the roofs there came

하지만 지붕들 너머로 불어왔어요

    the wet new wind of May,

    5월의 촉촉한 새 바람이,

and a tune blew up from the curb,

그리고 곡조가 울려 퍼졌어요,

    where the street-pianos play.

    거리의 피아노들 연주하는 옥외에서.

My room was white with the sun,

내 방은 햇빛으로 환해졌고,

    and Love cried out in me,

    그러자 '사랑'이 내 속에서 외쳤어요,

"I am strong, I will break your heart,

"나는 힘이 세, 네 심장을 부숴버리겠어,

    unless you set me free."

    나를 풀어주지 않는다면."

후스가 형태상으로 매 연의 둘째 넷째 행 마지막 두 글자 "關了"-"難了", "醉來"-"飛來", "醉了"-"碎了"의 라임을 맞춘 것은 티즈데일 시의 라이밍 "door"-"more", "May"-"play", "me"-"free"

와 유사합니다. 두 사람 다 aabbcc가 되고 있습니다. 저는 후스를 번역하면서 우리말로 "이"–"지", "요"–"요", "서"–"어"로 맞춰 보았습니다(티즈데일의 우리말 번역에서는 맞추기가 쉽지 않군요). 이러한 압운과 잘 짜인 3음보의 리듬이 백화를 사용한 데다 각 행의 길이가 다른 후스의 번역 시를 자연스러운 현대적 자유시로 만들어주었습니다. 티즈데일의 원시가 있었기 때문에 이와 같은 성공이 가능했을 것입니다.

그런데 시 번역이라는 측면에서 보면 뜻밖의 흥미로운 모습이 발견됩니다. 후스가 원시에 대한 파악을 잘못한 부분은 없는 것 같습니다. 일반적으로, 대부분의 오역은 원시에 대한 파악(단어, 구, 구문에서 해석에 이르기까지)의 착오로부터 발생합니다. 이 점에서 후스의 번역은 일단 오역은 아닙니다. 그러나 중국어로 똑같이 자연스러운 표현이라면 가능한 한 원시에 가깝게 번역하는 게 좋다고 생각하는 입장에서 볼 때 후스가 원시와 멀어지거나 달라지고 있는 부분들은 어떤 의도에서 비롯된 것인지 궁금해집니다. 2연의 경우에는 압운을 위해 바꾸었다는 걸 금세 알아볼 수 있습니다.

그러나 마지막 세 행은 그런 의미의 의역의 범위를 벗어난 것처럼 보입니다. "'사랑'은 살짝 취해버려서"와 "'사랑'이 내 속에서 외쳤어요" 사이의 거리는 몹시 멉니다. 전혀 무관한 것은 아니겠지요. 촉촉한 바람이 불어오고 피아노 곡조가 들려오고 햇빛이 환하게 비치는 데서 자극을 받았고, 그 자극에 취해 외치게 되었다고 볼 수 있으니까요. 원시에서 표면에 드러내지 않고 행간에 숨긴 것은 번역에서도 그러는 게 좋다고 저는 생각하지만, 이 장면의 후스는 오히려 숨긴 것을 드러내었다고 할 수 있습니다.

또 후스는 '외쳤어요'의 강한 반응을 포기하고 중립적인 '말했지요'로 바꾸었습니다. '외쳤어요'의 영어 원문 "cried out"은 단순히 큰 소리로 외쳤다는 뜻일 수도 있지만 항의의 의미를 지닌 울부짖었다는 뜻일 수도 있습니다. 하지만 '말했지요'에서는 울부짖었다는 물론이고 외쳤다는 뜻이 될 가능성도 거의 없어집니다. 번역 시에서 첫 행의 "내가 말했지요"와 뒤에서 두번째 행의 "그가 말했지요"를 상응시키려 했다고 이해하더라도, 그 상응을 위해 '외침'이라는 의미를 포기하는 것은 납득하기 어렵습니다. 원시의 "나는 힘이 세, [……] 나를 풀어주지 않는다면"과 번역의 "나를 가두진 못해" 사이에도 뉘앙스의 차이가 제법 큰 것 같습니다.

이 차이들의 의미를 이해하기 위해서는 사라 티즈데일의 원작에 대한 자세한 고찰이 필요합니다. 티즈데일의 시집 『Rivers to the Sea』(1915)에 "Over the Roofs"라는 제목으로 실린 이 시는 네 부 아홉 연으로 이루어졌고 후스가 번역한 것은 제4부의 세 연입니다. 그런데 제1부와 제4부는 시집에 수록되기 이전에 잡지에 따로따로 발표되었습니다. 후스가 본 것이 티즈데일의 시집이었는지 제4부가 발표된 잡지 『포에트리』였는지는 분명치 않은데, 시집이 아니라 잡지였을 가능성이 큰 것 같습니다(후스는 이 잡지의 애독자였습니다). 후스가 시집에 수록된 제1, 2, 3부와 함께 보지 못하고 잡지에 발표된 제4부만 따로 보았다면 그것이 그의 번역에 영향을 미쳤을 가능성이 큽니다. 이 시의 제4부는 진술과 어조에 미묘함과 모호함이 있습니다.

시집에 수록된 총 네 부로 된 시 「Over the Roofs」는 당연히 그 전체를 하나의 작품으로 읽어야 합니다. 제1부 첫 연과 제2부 첫 연의 배경은 황혼이 되면 올 사랑하는 사람을 기다리는 대낮의 시간입니다. 가까이서부터 멀리를 향해, 지붕 너머로는 하얀 증기가 피어오르고 탑에서는 종이 울리고 하늘에는 햇빛이 비칩니다. 그런데 이 기다림의 배후에는 불안이 도사리고 있습니다. 제1부 2연과 제2부 2연이 불안을 표현하고 기다림의 실패를 암시합니다. '나'가 사랑하는 사람이 오기를 기다리는 동안 다른 소녀는 그녀의 사랑이 떠날 것을 두려워하고, 증기는 흩어져 사라지고, 운명이 '나'의 행복한 외침을 듣고서 '나'의 입을 손가락으로 막습니다. 제3부에서 황혼이 오지만 사랑은 실패하고, 통곡 같은 희미한 음악 소리가 울립니다. '나'의 마음은 밤새 아픕니다. 새벽이 되자 '나'의 눈물은 정제되어 시가 됩니다. 그리고 행간에서 '나'는 결심을 합니다, 더 이상 사랑을 하지 않기로.

그래서 제4부 첫머리의 '나'가 마음(혹은 심장)을 닫아버렸다고 말하게 되는 것입니다. 닫아버린 마음에 갇힌 것은 첫 글자가 대문자로 표기된 사랑(후스는 대문자 대신 작은따옴표를 쳤습니다), 즉 사랑의 욕망입니다('사랑의 신'은 아니겠죠. 사랑의 신을 어떻게 가두겠습니까. 욕망, 충동, 본능 등 자기 자신에게 속하는 것일 수밖에 없습니다). 감금된 욕망, 억압된 욕망. 그런데 낮이 되자 제1, 2부에서 사랑과 연관되어 출현했던 사물들이 다시 나타납니다. 멀리서부터 가까이로. 지붕들 너머에서 바람이 불어오고, 길거리에서 피아노 소리가 울려 퍼지고, 방에 들이칠 햇빛이 환해지는 것입니다. 아까는 지붕을 기준으로 먼 곳을 향했는데 이번엔 가까이 다가옵니다. 이렇게 다시 외부의 자극이 주어지자 사랑의 욕망이 억압을 뚫고 나오려 합니다. 그러나 뚫고 나오기가 쉽지 않고, 그래서 욕망이 외칩니다, 혹은 울부짖습니다. 아니, '나'가 풀어주지 않으려 하자 욕망이 강하게 항의하는 것입니다. 지금 저는 현재 시제를 사용하며 요약했는데, 티즈데일의 시에서는 제1부와 제2부가 현재 시제로 진술되다가 제2부 마지막 두 행부터 과거 시제로 바뀝니다.

이렇게 네 부로 이루어진 시 전체를 하나의 작품으로 읽으면, 내 심장 속에 갇힌 욕망이 외쳤고, 그 외침에도 불구하고 아직 욕망은 풀려나지 못한 상태이다,라는 것이 이 시의 결말입니다. 갇힌 '사랑'도 실은 화자 자신의 일부이므로 '사랑'의 외침도, 그 외침에 들어 있는 사랑에 대한 갈망도 사랑의 감금에 대한 비탄도 모두 화자 자신의 것이고, '사랑'을 풀어주느냐 풀어주지 않느냐 하는 결정도 화자 자신의 것입니다. 그러므로 이 결말은 진술의 현재에서의 화자의 망설임이라고 해석될 수 있습니다. 망설임의 이유는 이번 사랑도 또다시 실패와 상실로 귀결될지 모른다는 두려움입니다.

후스의 번역 시에서도 갇힌 '사랑'은 화자 자신의 일부이므로 '사랑'의 말(외침이 아니라)에 들어 있는 감정도 화자 자신의 것입니다. 그 말 속에는 비탄은 거의(혹은 전혀) 없고 갈망만이 가득합니다. 아니, 갈망보다도 사랑의 실현을 예상하는 일종의 도취감에 더 가깝다고 해야 될 듯합니다. '사랑'이 살짝 취해버리고, 그리하여 아마도 속삭이듯 말하는 것이기 쉬운 마지막 두 행의 대사는 어김없는 유혹의 그것으로 보입니다. 화자는 그 유혹에 넘어가기로 이미 마음먹고 있는 것입니다. 이미 그렇게 마음먹었기 때문에 자신의 일부인 '사랑'으로 하여금 속삭이게 한 것인지도 모릅니다. 따로 발표된 제4부의 모호함에 대해 후스가 나름의 선택적 해석을 하고 그 해석의 방향성을 더욱 강화한 데서 이러한 번역이 나온 것이리라 짐작됩니다. 요약하자면 원시가 갈망-비탄의 양면성과 억압/해방의 대립이 초래하는 갈등을 그렸다면, 번역 시는 그중 갈망과 해방을 선택하여 도취와 유혹을 그린 것이 아닐까,라는 것이 저의 독후감입니다.

후스의 번역 시는 성악가 저우수안이 노래 불러, 중국의 유명한 가곡이 되었습니다. 사랑의 불가항력과 사랑의 기쁨을 노래하는 가곡으로! 시의 번역에서 나타나는 위반과 새로운 창조라는 흥미로운 현상이 이 번역 시가 중국 현대시 형성 과정에서 갖는 의의 이외에도 저의 관심을 끕니다. 다음 링크에서 저우수안의 노래를 감상할 수 있습니다.

저우수안,
「가두지 못해」

달을 삼키는 하늘의 개

궈모뤄 郭沫若
(1892~1978)

2022년 11월 8일 19시 16분 12초부터 20시 41분 54초까지 개기월식이 진행되었습니다. 지구 그림자가 달을 다 가려도 지구의 대기를 통과하면서 굴절된 햇빛이 달을 비춘다고 하고, 이때 파장이 짧은 푸른빛은 흩어지고 파장이 긴 붉은빛이 달에 도달하기 때문에 붉게 보이는 것이라고 합니다. 개기월식이 끝나니까 노랗고 밝은 달이 왼쪽 부분부터 다시 나타나기 시작했습니다.

월식을 보면서 백 년 전의 시 한 편이 생각났습니다. 1920년 중국에서 28세의 신문학운동가 궈모뤄가 쓴 「천구天狗」라는 시입니다. 고대 신화와 전설에 등장하는 천구, 즉 하늘의 개는 달을 한입에 삼키는 상상의 동물입니다. 여기서 월식은 천구로 인해 생기는 것이죠. 이를 천구식월(天狗食月 혹은 天狗蝕月)이라고 합니다. 고대의 신화 전설에서 모티프를 가져왔지만 이 시가 노래한 것은 근대적 자아입니다. 먼저 시를 읽어보겠습니다.

나는 한 마리 천구로소이다! 나는 달을 삼키오, 나는 해를 삼키오, 나는 모든 별을 삼키오, 나는 전 우주를 삼키오. 나는 나요!

나는 달의 빛, 나는 해의 빛, 나는 모든 별의 빛, 나는 X광선의 빛, 나는 전 우주 Energy의 총량!

'나'라는 말이 계속 되풀이됩니다. 달도 해도 삼키는, 전 우주를 삼키는, 그리하여 달의 빛도 해의 빛도 전 우주의 에너지의 총량도 모두 '나'의 것이 되는 그런 '나'. 어떤 절대적인 존재로서의 '나'. '나'는 못 하는 것이 없습니다.

나는 날듯이 달리지, 나는 미친 듯이 외치지, 나는 불타지. 나는 열화처럼 불타지! 나는 큰 바다처럼 미친 듯이 외치지! 나는 전기처럼 날듯이 달리지! 나는 날듯이 달리지, 나는 날듯이 달리지, 나는 날듯이 달리지, 나는 나의 가죽을 벗기네, 나는 나의 살을 먹네, 나는 나의 피를 마시네, 나는 나의 심장과 간을 씹네, 나는 나의 신경 위를 날듯이 달리지, 나는 나의 척수 위를 날듯이 달리지, 나는 나의 두뇌 위를 날듯이 달리지.

나는 나로소이다! 나의 나는 폭발할 것이오!

역동적이고 적극적인 '나'가 자기 자신을 무한히 팽창시켜 폭발하게 되면, 빅뱅이 우주를 탄생시켰듯이, 새로운 세계가 탄생할까요? "나의 나는 폭발할 것이오!"라는 마지막 구절이 암시적입니다.

'천구'로 형상화된 이 '나'는 바로 근대적 자아입니다. 17세기 데카르트의 '나는 생각한다, 고로 존재한다'의 바로 그 '나'입니다. 고대인들과 중세인들에게는 존재하지 않았고 근대인들에 의해 비로소 발견된 것, 개인이라는 가치를 성립시킨 것이 바로 이 근대적 자아입니다. 근대로의 진입 이후 이루어진 수많은 발전도 바로 이 근대적 자아를 초석으로 한 것이었습니다.

물론 근대적 자아가 완벽한 것은 아닙니다. 오히려 그 반대입니다. 그것은 처음부터 많은 문제를 안고 있었고 그리하여 발전과 동시에 수많은 파탄을 가져오기도 했습니다. 그것의 문제와 파탄에 대한 인식은 이미 19세기부터 나타났고 제1차세계대전 이후로 갈수록 심화되고 확대되었습니다.

1919년 5·4운동 전후의 중국에는 근대적 자아에 대한 믿음이 빠른 속도로 확산되고 있었습니다. 물론 그 믿음에 대한 의심이 금세 그 뒤를 따랐지만. 궈모뤄의 이 시는 바로 그때, 그 짧은 믿음의 시간의 분위기를 생생하게 보여줍니다. 당시의 궈모뤄 문학이 적극적 낭만주의라고 불리는 가장 큰 이유는 바로 이 믿음에 있었다고 생각합니다.

이 시에서 각별히 주목할 것은 리듬입니다. 반복법에 의해 생성되는 각 연의 리듬, 그 리듬이 연이 바뀌면서 변주되는 방식, 특히 세번째 연의 짧게 끊어지는 숨 가쁜(실제로 질주하는 듯한) 호흡, 마지막 연에서 말하는 폭발이 정말로 폭발 직전인 것처럼 느껴집니다. 라임의 사용도 반복과 변주의 효과를 극대화시킵니다(그래서 우리말 번역도 라임을 맞추어보았습니다). 이 시의 진짜 내용은 바로 이 리듬인지도 모릅니다. 지금 보니 요즘의 랩과도 비슷한 면이 있습니다.

포스트구조주의와 해체론의 세례를 받은 우리에게 귀모뤄의 이 시는 순진하거나 심지어 유치한 모습으로 보일 수도 있겠습니다. 그러나 어른이 보기에 어린아이가 유치해 보이더라도 실은 그 어른도 그 유치한 어린아이로부터 나온 것이고, 그 유치한 어린아이가 종종 그리움의 대상이 되지 않습니까? 근대적 자아에 대한 이 순진한 믿음이 오늘 문득 저에게 그리움을 불러일으킵니다.

22세 청년이 쓴 중국 최초의 상징시

리진파李金髮
(1900~1976)

　　리진파라는 필명의 시인이 1925년에 시집 『보슬비』를 출간
했습니다. 중국 최초의 상징주의 시인이고 중국 최조의 상징주의
시집입니다. 이 시집 맨 앞에 실린 작품이 「버림받은 여자棄婦」입
니다. 실제로 쓴 것은 1922년이었다고 합니다. 그때 시인은 22세
의 새파란 청년으로서 프랑스에서 미술(조각)을 공부하고 있었고
보들레르와 베를렌의 시에서 큰 영향을 받았습니다. 「버림받은
여자」는 중국의 상징주의나 상징파를 얘기할 때 반드시 호명되는
시편입니다. 우선 작품을 한 연씩 읽어보겠습니다.

　　　　내 두 눈 앞에 풀어헤친 긴 머리칼,
　　　　차단했네 모든 수오羞惡의 질시疾視와,
　　　　선혈의 급류, 고골枯骨의 침수沈睡를.

밤과 모기가 함께 서서히 다가와,

이 짧은 담의 모퉁이를 넘어,

내 순결한 귀 뒤에서 미친 듯 소리치네,

마치 황야의 광풍이 노호怒號하는 것처럼,

무수한 유목민을 전율하게 하네.

　중국어와 한국어는 공통된 한자어를 쓰는 경우가 많습니다. 위 번역에서 원시의 한자어를 그대로 둔 "수오""질시""고골" "침수""노호" 등은 국어사전에 다 등재되어 있습니다. 이 단어들은 대부분 우리말에서 낯선 것 못지않게 중국어에서도 낯섭니다. 그래서 독자에게 생경한 느낌을 줍니다. 단어 사용의 생경함뿐 아니라 한문 투와 외국어 번역 투까지 뒤섞인 이 시인 특유의 말투를 두고 시인의 중국어 능력이 부족하기 때문이라는 폄하가 나오기도 하는데요. 시인의 의도일 수도 있으니 함부로 단정 지을 수는 없겠습니다.

　'나'는 긴 머리카락을 풀어헤쳐 눈앞을 가렸습니다. 증오하는 시선과 빠르게 흐르는 붉은 피, 살이 썩어 없어지고 남은 뼈 등의 외부 세계와 '나' 사이를 시각적으로 차단한 것입니다. 그것들이 '나'를 공격한다고 느끼기 때문입니다. 이렇게 차단하면 '나'도 그것들을 못 보고 그것들도 '내 눈'을 못 봅니다. "선혈의 급류"를 '삶의 열망'으로, "고골의 침수"를 '죽음의 편안함'으로 해석하기도 하는데요. 그렇다면 '나'가 '삶의 열망'과 '죽음의 편안함' 모두에서 공격성을 느낀다는 건데 선뜻 동의가 되지 않습니다. "고골의 침수"는 물론이고 "선혈의 급류" 역시 죽음이나 어떤 위태로움과 관계되는 편이 자연스러울 것 같습니다.

외부 세계의 시각적 공격은 차단했지만 청각적 공격은 막지 못합니다. 4행부터 그려지는 것이 청각적 공격입니다. 밤이 되었고 모기가 날아듭니다. 담은 모기를 막지 못합니다. 모기가 귓가에서 우는 소리가 '나'에게는 미친 듯이 소리치는 것으로 느껴집니다. '나'는 유목민들을 무서워 떨게 하는 황야의 광풍을 연상합니다. 여기서 "마치"는 "노호하는 것처럼"까지 걸릴 수도 있고, 다음 행 끝까지 걸릴 수도 있습니다. 다음 행 끝까지로 본다면, '마치 황야의 광풍이 노호하여,/무수한 유목민을 전율하게 하는 것처럼'이라고 옮기게 되겠습니다. 의미상으로는 이쪽이 더 그럴듯한데, 어법적으로는 전자가 합리적입니다. 전자로 읽으면 '나'도 유목민 중의 하나가 되겠습니다.

　　한 가닥 풀에 의지해, 하느님의 영靈과 함께 빈 골짜기를 오가네.
　　나의 슬픔은 단지 벌의 뇌에 깊이 새겨질 수 있거나,
　　산속 샘물과 함께 낭떠러지에서 길게 쏟아진 뒤,
　　붉은 잎을 따라 함께 흘러가리.

1행에서 한 가닥 풀에 의지한다는 것, 하느님의 영(이 영은 영혼이 아니라 성령聖靈이겠습니다)과 함께한다는 것이 정확히 무슨 뜻인지는 모르겠으나 심리적인 절박함의 표현이기는 한 것 같습니다. 풀과 성령은 '나'를 공격하지 않습니다. 오히려 '나'가 의지하고 싶어 하는 대상입니다. '나'는 그것들에 의지하여 빈 골짜기를 오가고 있습니다. 2행에서 슬픔이 벌의 뇌에 새겨진다는 것은 무슨 뜻일까요? 벌 역시 '나'와 우호적인 곤충이고(앞 연의 적대적인 모기와는 반대로), 그래서 '나'의 슬픔을 공감해주거나 기억해주기를 기대하는 것일까요? 벌의 뇌에 새겨지면 이 슬픔은 벌과 함께 멀리 날아갈 수 있을 것입니다. 아니면 이 슬픔은 산골짜기 물을 타고 붉은 잎과 함께 흘러갈 것입니다. 그런데 세 행에 걸친 이러한 묘사는 빈 골짜기를 오가는 '나'의 상상이지 현재 상황이 아닌 것으로 보입니다. '흘러간다'가 아니라 '흘러가리'로 번역한 것은 그 때문입니다.

> 버림받은 여자의 감춘 근심은 동작에 쌓이고,
> 석양의 불이 시간의 번민을
> 재로 만들지 못해, 굴뚝에서 날아가,
> 까마귀 깃털에 길게 물들고,
> 해일 이는 바위에 함께 깃들어,
> 뱃사공의 노래를 조용히 들으리.

'버림받은 여자'라는 말이 등장했습니다. 그렇지만 삼인칭 서술로 바뀐 것 같지는 않습니다. 앞 두 연의 '나'가 여기서 자기 자신을 '버림받은 여자'라고 칭한 것이라고 저는 봅니다. 그러니까 일인칭 서술이 계속되고 있는 것이죠. 지금 '나-버림받은 여자'는 근심을 하고 있습니다. 그 근심, 즉 시간의 번민을 석양의 불로 태워 없애려 해도 근심-번민은 다 타지 않고 남아, 하늘로 날아올라 까마귀 깃털에 물들고, 그 상태로 멀리 바닷가까지 날아가 까마귀와 함께 바위에 깃들 것입니다(앞 연에서 슬픔이 골짜기 물을 타고 붉은 잎과 함께 흘러간 것과 유사합니다). 이 일련의 과정 또한 상상이지 현재의 상황이 아닌 것으로 보입니다.

여기서 하늘로 날아올라 까마귀 깃털에 물드는 것이 석양의 불이라고 볼 수도 있습니다. 어법적으로는 이쪽이 더 자연스럽습니다. 하지만 의미상으로는 앞뒤가 잘 맞지 않게 됩니다. 앞 연의 슬픔과 이 연의 근심-번민은 다 '나'의 것이지만 석양의 불은 '나'의 것이 아닙니다. 게다가 석양의 불은 까마귀의 도움을 받지 않고도 날아갈 수 있는, 원래부터 천상에 속하는 존재입니다. 또 하나 가능한 파악은 그것을 재, 즉 번민을 태운 재로 보는 것입니다. 이렇게 보면 재가 날아가서 바닷가 바위에 깃들기를, 그리하여 번민이 다 사라지고 마음이 편안해지기를 바란다는 뜻이 됩니다. 하지만 이 독법은 어법적으로도 약간 무리가 있어 보이고 의미상으로도 납득되기 어려운 점이 있습니다. 번민은 타서 재가 되었을 때 이미 소멸한 것 아닐까요? 그 재를 굴뚝을 통해 날아가게 할 필요가 또 있나요? 이 대목의 중국어 표현 자체가 어법적으로 완전하지 않은 데서 이런 서로 다른 의견들이 나오는 것 아닐까 하는 생각이 듭니다.*

> 노쇠한 치맛자락은 슬픈 울음소리를 내며,
> 무덤가를 배회하고,
> 영원히 없네 뜨거운 눈물,
> 풀밭에 방울방울 떨어져
> 세계의 장식이 될.

　현재의 상황은 '나─버림받은 여자'가 무덤가를 배회하는 것입니다. 상상 속에서 슬픔이 흘러가고 근심─번민이 날아간 것과는 달리, 지금 '나'는 슬픔도 근심─번민도 여전합니다. 치맛자락이 풀밭에 스치는 소리가 슬픈 울음소리로 들립니다. 오히려 정도가 더 심해져서 눈물조차 말라붙었습니다.
　마지막 세 행의 뜻을 저와는 완전히 다르게 파악한 경우도 있습니다. 뜨거운 눈물은 상실한 채 오직 차가운 눈물만 흘리는데 아무에게도 동정을 얻지 못하는 이 차가운 눈물은 단지 세계의 한 장식에 불과하다,라고 보는 겁니다. 장식에 불과하다? 가슴이 답답해지는군요. 이 시에서 '세계의 장식'은 하찮은 것이 아니라 오히려 귀중한 것입니다. 뜨겁고 차갑고는 중요한 문제가 아

---

*　중국어 원문은 다음과 같습니다. 夕陽之火不能把時間之煩悶/化成灰燼, 從煙突裏飛去,/長染在游鴉之羽,/將同棲止于海嘯之石上,/靜聽舟子之歌。

니고, 중요한 것은 눈물이 떨어져 세계의 장식이 된다는 사실입니다. 슬픔의 소산이지만 귀중한 가치를 낳는 눈물이 영원히 상실되었다,라는 것. 이것이 마지막 세 행이 알려주는 비극의 내용입니다.

　이 시는 '버림받은 여자'에 대한 사실적 진술이 아닙니다. '버림받은 여자'는 당연히 비유입니다. 그것은 시인 자신의 실존일 수도 있고, 인간이라는 존재의 실존적 조건일 수도 있습니다. 그 실존과 실존적 조건에 대한 묘사가 비관적이고 비극적이라는 데 이 시의 특징이 있습니다. 감상적이고 퇴폐적이라고 할 수도 있습니다. 이 비관적, 비극적, 감상적, 퇴폐적인 모습에 대한 평가는 평가자에 따라 극과 극을 달릴 만큼 차이가 큽니다.

　리진파는 1920~30년대에 시를 썼고, 시 이외에 산문과 소설도 썼으며 번역도 했는데, 역시 본업인 조각가로서의 활동이 주된 것이었습니다. 1945년에는 중화민국의 외교관이 되어 주이란 대사관에서 근무하다가 1946년에 미국으로 이주했습니다. 미국에서는 양계 농장도 하고 조각가 활동도 하다가 1976년에 귀천했습니다. 하지만 그의 시를 좋아하는 독자들에게 그는 영원한 청년 시인입니다.

중국에서 가장 유명한 현대시

쉬즈모徐志摩(1)
(1897~1931)

중국에서 가장 유명한 현대시를 꼽을 때 1, 2위를 다투는 시가 바로 쉬즈모의 「다시 케임브리지와 작별하며再別康橋」(1928)입니다. 중국인이 가장 좋아하는 현대시에서도 높은 순위에 오를 것이 분명합니다. 아래의 링크는 중국어 원시와 영어 번역 시의 교차 낭송 동영상입니다. 먼저 낭송을 들어보는 것도 좋을 것 같습니다.

이 유명한 시의 한국어 번역은, 영어 번역도 마찬가지인 듯한데 각양각색입니다. 번역의 차이는 표현의 문제인 경우가 많지만 해석의 차이에서 비롯되는 경우도 적지 않은데 이 시도 그러합니다. 유명하지만 뜻밖에 해석도 다

쉬즈모,
「다시 케임브리지와
작별하며」 교차 낭송

양한 이 시를 어떻게 읽고 어떻게 번역할 것인가. 저의 선택을 소

개해보겠습니다.

먼저 창작 배경부터 확인해봅시다. 1921년부터 1922년까지 케임브리지대학에서 유학을 한 쉬즈모는 1928년 6월부터 10월까지 일본, 미국을 거쳐 유럽으로 여행을 했는데, 이때 9월에(7월 말이라는 설도 있지만 일정상 8월 이후가 맞는 것 같습니다) 케임브리지에 들렀습니다. 귀국 도중 11월 6일 상하이 앞바다 배 위에서 이 시를 썼다고 합니다. 시를 시인의 전기적 사실로 환원하자는 것이 아니라 해석의 선택을 위해 참고하려는 것입니다.

> 조용히 나는 가네,
>   내 조용히 왔던 것같이;
> 나는 조용히 손 흔들어,
>   서쪽 하늘 구름과 작별하리.

첫 연에서 시인은 자신의 페르소나, 즉 시적 화자를 케임브리지를 떠나기 전날 저녁, 석양이 지는 때로 보내고, 그 시적 화자가 캠강을, 아마도 강변에서(혹은 다리 위에서일까요?) 바라보며 진술을 합니다.

> 강변의 저 금빛 버들은,
>   저녁노을 속 신부로세;
> 파광 속 고운 그림자,

나의 마음 안에서 일렁이네.

개흙 위의 노랑어리연꽃,
　매끈한 모습 물 밑에서 뽐내고;
캠강 부드러운 물결 속,
　나 기꺼이 한 가닥 물풀 되려오!

두번째 연과 세번째 연을 대비해보는 것은 흥미롭습니다. 두
번째 연에서는 금빛 버들의 그림자가 '나'의 마음 안으로 들어오
는 데 비해, 세번째 연에서는 '나'가 캠강 물결 속으로 들어갑니
다(물론 상상 속에서). 캠강과 화자의 상호 관계가 거의 관능적이
기까지 합니다.

느릅나무 그늘 아래 저 못은,
　샘 아니라, 천상의 무지개로세;
부초 사이로 부서져,
　무지개 같은 꿈이 가라앉네.

네번째 연은 석양이 비친 못의 모습일 것입니다. 석양의 반
사가 무지개처럼 빛나는데, 그 무지개는 가지런하지 않고 깨어진
것처럼 산란합니다. 그 모습이 깨어진 '나'의 꿈을 연상케 하고,
그 연상이 다섯번째 연의 "꿈을 찾는가?"라는 서두를 끌어옵니다.

꿈을 찾는가? 긴 삿대로 배를 밀어,

　　푸른 풀 더 푸른 곳으로 거슬러 올라라;

한 배 가득 별빛을 싣고,

　　아롱진 별빛 속에 노래 불러라.

하나 난 노래할 수 없네,

　　고요는 이별의 음악이어니;

여름 벌레도 날 위해 침묵하고,

　　침묵하누나 이 저녁의 케임브리지!

　　다섯번째 연에서 시적 화자는 꿈을 찾기 위한 상상의 뱃놀이에 대해 묘사합니다. 상상의 뱃놀이는 별빛 가득한 한밤중까지 진행됩니다. 그러다가 여섯번째 연 첫 행에서 문득 현실로 돌아옵니다. 상상과 현실 사이에 '하지만但'이라는 역접 접속사가 놓여 있고, 그 앞뒤로 '노래 불러라放歌'와 '노래할 수 없다不能放歌'가 서로 마주 보고 있습니다. 여기가 이 시의 중심이라고 생각합니다. 상상의 시간은 얼마나 길었을까요? 원문의 "今晚"은 '오늘 저녁' '오늘 밤' 두 가지 뜻을 다 갖는 말입니다. 그 시간이 길었다면 현실로 돌아온 지금이 밤이겠습니다만, 짧았다면 여전히 저녁일 수 있습니다. 심지어는 석양이 아직 다 지지 않았을 수도 있습니다. 어느 쪽이든 지금 주변은 고요합니다.

두번째 행의 중국어 원문 "悄悄是別離的笙簫"에서 "笙簫"는 생황과 통소입니다. 둘 다 중국의 전통 관악기입니다. 여기서의 생황과 통소는 정말로 생황과 통소를 가리키는 것이 아니라 관악기나 악기 일반을, 혹은 음악을 가리키는 대유代喩이겠습니다. 통용되는 후스광의 영어 번역에서는 "Quietness is my farewell music" 이라 했습니다. '고요는 내 작별의 음악이다'나 '내 작별의 음악은 고요다'라는 뜻이 되겠습니다. 원래 형용사인 "悄悄"가 여기서는 명사화되었습니다. "悄悄"를 형용사로 보면 그 뜻은 소리가 없다는 뜻의 '조용하다'가 되기도 하고 소리가 작다는 뜻의 '조용하다'가 되기도 합니다. 전자의 뜻을 취한다면 '이별의 음악이 없다', 후자의 뜻을 취한다면 '이별의 음악이 나지막이 들린다'라는 뜻이 됩니다. 예컨대 피리 소리가 나지막이 들리는 것이라면 이 피리 소리는 실제의 피리 소리일 수도 있고 환청이거나 상상일 수도 있습니다. 그 피리 소리에 귀 기울이라고 여름 벌레도 침묵하는 것 같습니다. 사위가 고요한 가운데 피리 소리만 마치 이순신 장군의 일성호가처럼 나지막이 울리는 것입니다. 하지만, '아련히 들려오는 이별의 피리 소리'라는 매우 센티멘털한 표현으로 기우는 마음을 밀어내고(이육사 시인도 쉬즈모를 번역하며 이 구절을 '서러운 이별의 젓대 소리 나면은'이라고 했지만), '고요는 이별의 음악이어니'라는 다소 엄숙한 표현을 택하기로 합니다. 의견을 물어보니 중국의 란란 시인도, 전매대학 류춘융 교수도 "悄悄"를 명사화된 주어로 보는 쪽을 지지하네요. 허성도 교수의 조언에 따르면 '悄'라는 글자는 근심하느라고 마음이 갈라지고 갈라져서 마침내 말이 없어진 상태를 나타낸다고 합니다. 그러니까 속에 번뇌의 소리를 감추고 있는 소리 없음인 것이고, 이런 의미에서 "悄悄"라는 말은 이별의 음악에 잘 어울리는 것 같습니다.

전기적 사실을 더 많이 참조해보면 이 무렵 시인은 아내 루샤오만과의 불화로 인해 심리적으로 꽤 힘든 상태에 처해 있었다고 하니, 케임브리지 방문은 위안을 받기 위한 것, 말하자면 일종의 힐링 여행이었던 것인데, 와보니 옛 사람들은 다 떠나고 없습니다. 시의 화자는 사라진 사람들 얘기는 하지 않고, 예전 그대로인 캠강에 대해서만 얘기합니다. 캠강이 화자를 위로해주고, 다시 떠나야 하는 화자의 슬픔을 여름 벌레와 케임브리지가 침묵으로 공감해줍니다.

그런데 계절적 배경이 9월이라면 왜 '여름 벌레'일까요? 9월의 영국이라면 계절이 가을로 바뀌고 날이 제법 쌀쌀해질 때입니다. 벌레들 울음소리가 가을이 되어 잦아든 것일까요? 아니면 그런 자연현상과는 무관하게, 오직 심리적 현상인 것일까요? 어느 쪽이든, 그냥 벌레라고 해도 될 텐데 굳이 여름을 붙인 것은 혹시 이 말을 통해 예전 유학 시절의 케임브리지 여름 체험을 암시하려 한 것일까요? 유학 시절 요란하던 그 여름 벌레의 울음 소리가 지금은 멈추었다는 것일까요?

처음 케임브리지를 떠날 때의 심정은 1922년 8월 10일(여름입니다!)에 쓴 「케임브리지여 안녕」이라는, 행갈이만 해놓았지 거의 산문 같은 긴 시에서 직설적으로 토로된 적이 있는데, 그 시와 연결해서 볼 수 있을까요? 감추면서도 드러내고 드러내면서도 감추는 마음의 미묘한 움직임이 여기에 있는 것일까요? 이런저런 사정을 여러모로 곱씹어볼 때 시는 더욱 풍성한 세계로 변합니다. 시인에게 케임브리지는 청춘과 사랑, 기쁨과 열정, 문학과 이상의 장소이고, 시인은 이 시에서 시적 화자를 통해 그 장소를 재체험합니다. 어쩌면 다시는 못 갈지도 모르는 그 장소를 떠나온 아쉬움을, 미련 없이 떨치는 척하면서 오히려 더 강렬하게 드러냅니다. 다음과 같은 마지막 연은 첫 연과 수미상관을 이루며 강렬한 반어 효과를 빚어냅니다 .

　　살며시 나는 가네,
　　　내 살며시 왔던 것같이;
　　나는 옷소매를 떨쳐,
　　　한 조각 구름도 가져가지 않으리.

　　번역에서 특히 문제가 되는 것은 뱃놀이 부분입니다. 저는 이 뱃놀이가 현실이 아니라 상상이라고 보았고, 그래서 이 부분을 원문이 어법적으로 허용하므로 명령문으로 번역했습니다. 꼭 명령문이 아니더라도 이 뱃놀이가 현실이 아니라 상상이라는 것만 표현될 수 있다면 상관없을 것 같지만, 의지의 표명(이때는 시제가 의지미래가 되겠습니다)보다는 자신에 대한 명령 쪽으로 제 마음이 더 끌립니다. 부서진 꿈을 되찾고 싶은데, 그러려면 배를 몰아 물을 거슬러 올라가야 하고, 큰 소리로 노래 불러야 하는 것이죠. 과거 유학 시절에 그런 적이 있었는지도 모릅니다. 과거의 뱃놀이를 지금 회상하는 것이라고 보고 이 대목을 과거 시제로 번역하는 것도 물론 가능합니다. 후스광의 영어 번역은 이 연을 다음과 같이 처리했습니다. "To seek a dream? Just to pole a boat upstream/To where the green grass is more verdant;/Or to have the boat fully loaded with starlight/And sing aloud in the splendor starlight."

앞 행보다 뒤 행이 긴 원문의 특징을 살려 번역문도 뒤 행을 길게 만들었습니다. 그래서 '물결 위에 일렁이는 빛'이라든지 '반짝이는 물결'이라 하지 않고, 국어사전에 나오는 파광이란 말을 그대로 썼습니다. 또, 매 연의 짝수 행을 압운하여 aa(라이/차이), bb(냥/양), cc(야오/차오), dd(훙/멍), ee′(쑤/거: u와 e는 같은 운이 아니지만 비슷하기는 합니다), cc(샤오/챠오), aa(라이/차이)로 처리한 원문을 살리기 위해 한국어 번역문 나름으로 최대한 운을 맞추어본 결과, aa(이/리), bb(세/네), cc(고/오), bb(세/네), dd(라/라), aa(리/지), aa(이/리)가 되어버렸습니다.

이 시에서 사람들이 많이들 주목하는 것은 금류金柳입니다. 버드나무는 종류가 굉장히 많은데 그중 금류라는 종이 따로 있는 것 같지는 않습니다. 버드나무가 석양에 물들어서 금빛으로 보이는 것을 금류라 한 것일까요? 그 정도로 석양이 압도적이고 위력

적일까요? 석양 속의 버드나무라면 상당한 과장인 것 같습니다. 석양에 비친 것이라면 노랗게 보이기보다는 붉게 보일 수도 있겠고요. 버드나무 중 단풍이 들면 노랗게 변하는 종류가 있고 그렇게 단풍 든 버드나무를 금류라 한 것이라는 설도 있는데요. 9월에 벌써 노랗게 되는 건가요? 아니면 지금은 푸르지만 겨울엔 금류가 되므로 금류라고 부른 것일까요?

원래 고전문학에서부터 '류柳'는 남는다는 뜻의 '류留'와 발음이 같은 까닭에 이별의 장면에 많이 사용되어왔습니다. 또, 부드럽게 늘어지는 모습 때문에 흔히 여성의 아름다움을 비유하는 말로 사용되기도 했죠. 이 시에서도 신부에 비유하고 있습니다.

그런데 이 비유를 쉬즈모의 연애와 연결하려는 해석이 있습니다. 시인이며 중국 최초의 여성 건축학자인 린후이인과 쉬즈모는 1920년에 영국에서 처음 만난 이래 긴밀하게 교류했고, 귀국 후에는 문학 활동을 같이했으며 1924년 4월 인도 시인 타고르가 중국을 방문했을 때는 함께 통역을 하기도 했습니다. 그런데 쉬즈모는 1915년에 결혼해서 이미 부인이 있었고 그 부인과 1922년에 이혼했으며, 1926년에는 화가 루샤오만과 재혼을 했습니다. 린후이인은 1924년 6월 미국으로 유학을 갔고 1928년에 캐나다에서 다른 남자(량치차오의 아들 량쓰청)와 결혼을 했습니다. 쉬즈모는 1931년에 비행기 사고로 죽었는데, 베이징에서 열리는 린후이인의 건축예술 강연회에 참석하기 위해 비행기를 탔던 것입니다. 윤곽만 보아도 이렇게 복잡하니 자세한 내용은 얼마나 더 복잡하겠습니까?

하여간 쉬즈모가 1928년에 쓴 시에 나오는 금빛 버들을 린후이인과 연결 짓는 해석이 인구에 회자되어왔습니다. 저로서는 별로 공감이 가지 않지만, 이런저런 의미가 많이 걸릴수록 시가 그만큼 더 풍요로워지는 것이라고 생각한다면 그런 해석들도 있는 게 나쁘지 않을 것 같습니다.

시 형식에 대한 관찰 하나를 추가하고 싶습니다. 전부 일곱 연이고 각 연이 네 행으로 구성되었으며 짝수 행을 한 글자씩 들여 쓰면서 압운한 형태인데, 만약 두 행을 하나로 합친다면 각 행이 5음보 내지 6음보인 열네 행이 되면서 영국 소네트와 비슷한 형태가 됩니다. abab cdcd efef gg라는 영국 소네트의 압운과 비교하면 이 시는 aa bb cc dd ee′ cc aa로서 매우 다르지만 행을 4/4/4/2로 분절할 수 있다는 점에서는 유사합니다. 우연한 결과가 아니라 의도적인 것이었으리라 짐작됩니다.

기억해도 좋고 잊으면 더욱 좋다

쉬즈모(2)

「다시 케임브리지와 작별하며」라는 시를 읽을 때, 이 시를 연애시로 보는 중국 독자들에게 널리 알려진 해석에 대해 잠깐 언급한 적이 있습니다. 그런 해석의 여지가 전혀 없는 것은 아니지만, 있다 해도 시적 자아에게 케임브리지라는 장소가 갖는 의미의 일부로 포함될 뿐 그것이 주된 것은 아닙니다. 실제로 쉬즈모 시인에게는 연애가 주가 되는 시가 적지 않습니다. 대표적인 작품이 「우연偶然」(1926)과 「눈꽃의 기쁨」입니다. 이 두 작품은 확실히 「다시 케임브리지와 작별하며」와 다릅니다. 먼저 「우연」을 읽어보도록 하겠습니다.

我是天空裡的一片雲,

나는 하늘의 한 조각 구름이오,

偶爾投影在你的波心 —

우연히 그대의 파심에 그림자 비추었소 —

　你不必訝異,

　그대는 의아해하지 말지니,

　更無須歡喜 —

　기뻐하지는 더욱 말지니 —

在轉瞬間消滅了踪影。

눈 깜빡할 사이 자취 사라집니다.

　　첫번째 연입니다. 하늘의 구름 한 조각이 바다의 물 위에 비친 그림자. 이 그림자는 구름과 물의 만남을 의미합니다. 구름이 '나'이고 물이 '그대'인데 '나'와 '그대'의 이러한 만남을 시의 화자는 우연한 것이라고 말합니다. 여기서 그림자가 비친 곳은 "그대의 파심"입니다. '파심'은 '물결치는 마음'이 아니라 '물결의 한 가운데'라는 뜻입니다. 예컨대 당나라 시인 백거이의 시구 "월점파심일과주月點波心一顆珠"는 '달이 물결 가운데 비치니 한 알 구슬이네'라는 뜻입니다. '나'가 한 조각 구름이듯이 '그대'는 해면 중의 물결치는 한 부분이고 그 물결의 중심부에 '나'의 그림자가 비치는 것입니다. 구름 한 조각이 하필 그 작은 '파심'에 그림자를 비추는 것은 확률이 극히 낮은 특별한 사건입니다. 그렇기 때문에 의아해하거나 기뻐하는 것이 자연스럽고 당연한 반응일 수 있습니다. 그런데 화자는 의아해하지도 기뻐하지도 말라고 말합니다. 이곳에 맺힌 그림자는 오래 머물지 못하고 금세 다른 곳으로 옮겨 갈 것이기 때문에, 즉 이 만남은 덧없는 것이기 때문에. 그래서 화자는 이 만남을 특별한 사건이 아니라 우연한 발생이라고 두번째 행에서 미리 규정하는 것입니다. 잠시의 만남이 헤어짐으로 귀결되는 데 대한 일종의 운명적 수락입니다.

그런데 이 그림자는 빛이 차단되어 형성되는 검은 그림자일까요, 빛이 반사되어 맺히는 거울상일까요? 시 두번째 연에 나올 마지막 행의 "서로 비추는 빛"이라는 구절을 보면 이 그림자는 거울상입니다. '나'에게서 반사된 빛이 다시 '너'에게서 반사되어 '나'에게 돌아와 '나'의 눈에 닿은 것이 '나'가 보는 '나'의 거울상입니다. 그러므로 "서로 비추는 빛"이라는 말과 부합됩니다. 거울상은 실상이 아니라 허상이어서 보는 자(구름)와 반사시키는 자(물) 사이에서 90도 각도의 시선에 의해 성립되는 유일한 존재입니다. 구름 이외의 다른 시선에는 인지되지 않습니다. 다른 시선에게 보이는 '구름'의 거울상은 "그대의 파심"이 아닌 다른 곳에 맺힙니다. 만약 이 그림자가 빛이 차단된 검은 그림자, 광원의 위치에 따라 위치가 결정되는 검은 그림자라면 이것은 객관적인 실상이어서 누구의 눈에도 동일한 곳에 존재하는 동일한 실체로 인지될 것입니다. 다만 이 그림자는 빛을 반사시키지 못하므로 "서로 비추는 빛"이라는 구절과 어울리지 않습니다. 저는 이 시의 그림자는 거울상이라고 봅니다. 그래서 두번째 행의 "投影"을 '그림자를 드리우다'로 번역하는 데에 동의하지 않습니다.

你我相逢在黑夜的海上，

그대와 나는 어두운 밤의 바다 위에서 만났으나，

你有你的，我有我的，方向；

그대는 그대의, 나는 나의, 방향이 있노라;

　你記得也好，

　그대는 기억해도 좋고,

　最好你忘掉，

　잊으면 더욱 좋소,

在這交會時互放的光亮！

이 만남의 시간에 서로 비추는 빛을!

두번째 연입니다. 어두운 밤黑夜의 바다(검은 밤바다가 아니라)에서 만난 '너'와 '나'를 두 개의 배가 만난 것으로 보는 해석이 있습니다. 그런 식으로 비유를 바꿔가는 시도 물론 있습니다만, 여기서는 물인 '그대'와 구름인 '나'라는 비유가 계속되는 것으로 봐야 한다고 마지막 행의 "서로 비추는 빛"이라는 구절이 말해줍니다. 두 개의 배가 무슨 빛을 서로 비추겠습니까? 두 배가 서로를 바라보는 시선의 빛이라고 한다면 너무 조악하지 않은가요? 구름과 물이 그림자(거울상)를 통해 서로 빛을 비추는 것이겠죠. 그런데 왜 낮이 아니고 밤인 걸까요? 밤에 구름 그림자가 물에 비치려면 밝은 달빛이 필요합니다(달빛 환해도 밤은 여전히

52

"어두운 밤"입니다). 그러잖아도 쉽지 않은, 작은 파심에 구름 한 조각 비치는 일이 밤에는 더욱 어려워지는 것입니다. 그렇게 어려운 만남을 특별히 이루었지만 안타깝게도 둘은 금세 헤어질 수밖에 없습니다. '그대'는 '그대'의 방향으로 가고 '나'는 '나'의 방향으로 가서(물도 흐르고 구름도 흐릅니다), 잠시 뒤면 헤어지게 됩니다. 그런데 화자는 말합니다, 헤어진 뒤 기억해도 좋고 잊으면 더욱 좋다고. 무엇을 기억하고 무엇을 잊는다는 것일까요? 그 목적어가 마지막 행의 "빛"입니다. 서로를 비추는 빛. 이 짧은 만남의 시간 동안 서로를 비추는 빛. 이 빛을 기억해도 좋고 잊어도 좋다는 것은 이 빛이 무가치하다는 것이 아닙니다. 오히려 이 빛이 귀중한 것이고 이 빛이 실현된 지금 이 순간이 귀중함을 강조하는 것입니다. 이 시의 핵심은 "서로 비추는 빛"입니다.

만남의 덧없음을 수락하는 겉모습과 잠깐 동안 이루어지는, 서로 빛을 비추는 교감에 대해 찬탄하는 속마음이 결합하여 이 시의 독특하고 미묘한 분위기를 빚어냅니다. 저는 여기에서 낭만주의를 넘어 상징주의로 나아가는 모습을 발견합니다. 마지막 행에서 '만남'이라는 뜻의 "交會"는 근대 이전의 구어(조기백화早期白話라고 합니다)에서 '교접, 성교'라는 의미도 가졌던 단어인데 시인이 그런 의미를 의도적으로 숨겨놓은 것인지 여부는 알 수 없습니다. 다만 구름과 물의 만남, 그 투영이라는 이미지에서 독자가 관능적인 느낌을 받는 것은 충분히 가능하다고 생각합니다.

이 시의 '그대'를 린후이인으로 보는 해석이 널리 알려져 있습니다. 「다시 케임브리지와 작별하며」를 읽을 때 쉬즈모의 여성 관계를 잠깐 살펴보았는데 여기에서 좀더 자세히 소개하겠습니다. 결혼한 지 5년이 된 23세의 쉬즈모가 스승 린창민(국제연맹 회의에 중국 대표로 참석한)의 딸인 16세의 린후이인을 처음 만난 것은 1920년 11월 런던에서였습니다. 린후이인에게 반한 쉬즈모는 중국에 있던 부인 장요우이張幼儀가 그 겨울에 영국으로 건너와 둘째 아이를 잉태한 지 2개월 된 시기에 이혼을 요구합니다. 장요우이는 거절하고 프랑스에서 유학 중인 오빠에게로 가버립니다. 1921년 6월에는 린후이인의 부친이 딸을 런던에 남겨두고 유럽 대륙으로 출장을 갔고, 이때 쉬즈모와 린후이인의 교제가 깊어집니다. 하지만 린후이인은 곧 부친을 따라 귀국하게 됩니다. 쉬즈모는 다음 해 봄 결국 부인과 이혼을 하게 되지만 그렇다고 린후이인과 맺어지지도 못합니다. 쉬즈모가 귀국하여 결성한 문학동인 신월사의 활동에 린후이인이 참가하기도 했고 1924년 4월에는 중국을 방문한 인도 시인 타고르의 통역을 쉬즈모, 린후이인, 량쓰청(양계초의 아들)이 함께 맡기도 했지만 같은 해 6월 린후이인은 량쓰청과 함께 미국으로 유학을 가버리고 이 두 사람은 1928년에 캐나다에서 결혼을 하게 됩니다. 중국에 남은 쉬즈모는 1926년 8월 루샤오만과 약혼하고 10월에 결혼합니다.

쉬즈모가 시 「우연」을 쓴 것은 1926년 5월의 일입니다. 루샤오만과 약혼하기 직전입니다. 원래 쉬즈모의 친구의 부인이었던 루샤오만은 린후이인이 미국으로 떠난 얼마 뒤부터 쉬즈모와 연인 관계가 되어 다음 해 말 남편과 이혼을 하기에 이릅니다. 「우연」은 쉬즈모가 루샤오만과의 약혼을 앞두고 린후이인에 대한 미련을 끊으면서 쓴 시라고 할 수 있습니다. 뒤집어 말하면 이때까지도 미련을 가지고 있었다는 것이 됩니다. 이 시는 쉬즈모가 루샤오만과 함께 극본 「변곤강」을 쓸 때 그 작중인물의 노랫말로 채택되기도 했습니다. 그런데 흥미로운 것은 이 시가 과거형이 아니라 현재형으로 진술되고 있다는 점입니다. 두 사람의 만남의 시간은 1920, 1921년의 영국 시절이거나 더 길게 잡으면 1924년 린후이인의 도미 이전까지이니 시가 창작된 1926년을 기준으로 보면 다 과거의 일입니다. 하지만 시 첫 연 3, 4행의 "그대는 의아해하지 말지니,/기뻐하지는 더욱 말지니—"는 명백히 현재입니다. 그러니까 시인은 시의 화자를 1924년 이전으로 보낸 것이고, 그중에서도 1921년 여름의 시간으로 보냈을 가능성이 큽니다. 바야흐로 만남의 시간 속에 있던 그때와 지난 만남을 다 우연으로 규정지으려 하는 지금의 두 시간대가 교묘하게 겹쳐 있는 것이 이 시의 가장 큰 특징일 수 있습니다.

　　하지만 이 시는 '린후이인에게'라는 부제가 붙어 있지 않습니다. 시의 창작 동기가 그랬다 하더라도 창작 결과는 그 동기에 갇히지 않습니다. 동기상으로는 린후이인과의 관계가 주제였다 하더라도 결과로는 린후이인에 국한되지 않는 일반적 의미에서의 연애시로 확대되었고 더 나아가서는 연애시에 그치지 않고 실존적 삶에 대한 성찰의 시로 확대되었습니다. 그 확대를 가능하게 해준 결정적인 요인은 이 시의 경우 두 시간대의 겹침이라는 구조에 있다고 저는 생각합니다.

흥미로운 관찰 하나를 소개합니다. 시 속의 "그대는 기억해도 좋고,/잊으면 더욱 좋소"라는 두 행은 쉬즈모가 좋아했던 영국의 여성 시인 크리스티나 로제티의 시를 연상시킵니다.

> And if thou wilt, remember,
> 그대가 원하시면, 기억하시고,
> And if thou wilt, forget.
> 그대가 원하시면, 잊으시구려.

「When I am dead, my dearest」 첫 연의 마지막 두 행입니다. 이보다 더 유사한 것은 「Remember」의 열네 행 중 마지막 두 행입니다.

> Better by far you should forget and smile
> 차라리 그대는 잊고 웃으세요
> Than that you should remember and be sad.
> 나를 기억하며 슬퍼하느니.

로제티의 두 시가 죽은 '나'에 대해 산 '그대'가 기억하고 잊는 문제를 말하고 있는 데 비해 쉬즈모는 살아 있는 두 사람의 짧은 만남의 시간 자체에 초점을 맞춤으로써 확실히 창신創新을 이루었습니다.

　　홍콩 여배우 천츄샤가 스스로 이 시에 곡을 붙이고 영화 「사랑의 스잔나」(한국-홍콩 합작, 1976)에서 부른 노래 「우연」이 중국어권에서는 유명합니다. 한국 관객들은 영어 가사의 주제가 「One Summer Night」을 특히 좋아했습니다. 다음 링크는 천츄샤가 부르는 「우연」입니다.

천츄샤,
「우연」

가슴속으로 녹아들고 입술 위에서 죽는다

쉬즈모(3)

쉬즈모의 연애시를 한 편 더 소개합니다. 1924년 12월 30일에 쓴 「눈꽃의 기쁨雪花的快樂」입니다. 먼저 시부터 읽어보겠습니다.

假如我是一朵雪花,
내가 한 송이 눈꽃이라면,
翩翩的在半空裡瀟灑,
훨훨 공중에서 자유롭다면,
　我一定認清我的方向 ─
　내 방향을 나는 똑똑히 알아보리 ─
　飛颺, 飛颺, 飛颺 ─
　날으리, 날으리, 날으리 ─

這地面上有我的方向。

이 땅 위에 나의 방향이 있나니.

不去那冷漠的幽谷,

저 차가운 골짜기는 가지 않고,

不去那凄清的山麓,

저 쓸쓸한 산기슭도 가지 않고,

　也不上荒街去惆悵 ——

　황량한 거리로 가 슬퍼하지도 않으리 ——

　飛颺, 飛颺, 飛颺 ——

　날으리, 날으리, 날으리 ——

你看, 我有我的方向!

보라, 내게는 나의 방향이 있나니!

在半空裡娟娟的飛舞,

공중에서 곱게 춤추듯 날고,

認明了那清幽的住處,

그 아늑한 거처 분명히 알아보고,

　等著她來花園裡探望 ——

　꽃밭 보러 나올 그녀를 기다리리 ——

　飛颺, 飛颺, 飛颺 ——

　날으리, 날으리, 날으리 ——

가슴속으로 녹아들고 입술 위에서 죽는다

啊，她身上有朱砂梅的清香！
아, 그녀에겐 붉은 매화꽃 맑은 향기가 있나니!

那時我憑藉我的身輕,
그때 나는 내 가벼운 몸으로,

盈盈的, 沾住了她的衣襟,
사뿐히, 그녀 옷깃에 달라붙어,

   貼近她柔波似的心胸 ──
   부드러운 물결 같은 그녀 가슴으로 다가간다 ──

   消溶, 消溶, 消溶 ──
   녹는다, 녹는다, 녹는다 ──

溶入了她柔波似的心胸！
부드러운 물결 같은 그녀 가슴에 녹아든다!

처음 두 행을 연결해서 하나의 가정절로 봅니다. 하늘을 자유롭게 날아다니는('瀟灑'는 산뜻하다, 시원하다, 구속을 받지 않다,라는 뜻입니다) '자유롭게 날아다닌다'는 의역입니다) 눈꽃이라면~, 하는 가정이 시의 나머지 전체에 걸립니다. 그러므로 나머지는 '~하리라'라는 의지미래가 되는 게 자연스럽습니다. 이 눈꽃은 나뭇가지에 쌓인 눈이 아니라 꽃 모양으로 생긴 눈송이 하나이고, 바람에 날리는 수동적인 존재가 아니라 자기 의지에 따라 가고 싶은 곳으로 가는 능동적 존재입니다. 이것은 물론 현실에는 없는 상상 속의 존재입니다. 그 눈송이에게는 목적지가 있습니다. '그녀'입니다. '그녀'의 거처를 향해 아마도 먼 거리를 날아가('飛颻'은 날아오른다는 뜻입니다. '날아오르리'가 너무 길어서 '날으리'로 줄였습니다), '그녀'의 거처에 도착한 뒤에는 '그녀'가 꽃밭을 보러 나오기를 기다리며 공중에서 맴돕니다. 눈 오는 겨울에 웬 꽃밭일까요? 아마도 매화꽃밭인 것 같습니다. 겨울과 봄의 사이인 듯 매화가, 설중매가 피기 시작한 것일까요? 그래서 '그녀'에게서 매화꽃 향기가 나는 걸까요? 주사매는 매화의 한 종류인데 중국 특산입니다. 붉은 매화라고 번역했습니다.

눈송이는 '그녀'의 옷깃에 달라붙고, 차츰 녹으면서 옷을 뚫고 들어가 '그녀'의 가슴 맨살에 닿고, 마침내 다 녹아서 '그녀'의 가슴과 하나가 됩니다(과학적으로 생각하면 맨살에 닿은 눈 녹은 물은 살 속으로 흡수되는 것이 아니라 증발되는 것이지만). '그녀'의 가슴은 부드러운 물결 같고, 부드러운 물결이라는 말과 녹아든다는 말이 불러일으키는 감각은 매우 에로틱합니다. 녹으면 눈은 그 존재가 소멸됩니다. 즉, 죽는 것입니다. 그러나 그 죽음은 대상과의 합일이기도 합니다. 이것이야말로 에로티시즘입니다.

이 장면에서의 화자의 어조는 그 전까지와는 다른 것 같습니다. 의지의 표명이 아니라 상상 속의 체험 같습니다. 이 시를 이번에 다시 읽으면서 저는 이런 새로운 느낌을 받았습니다. 이 느낌을 따라, '다가가리' '녹으리' '녹아들리'라고 했던 저의 옛 번역을 '다가간다' '녹는다' '녹아든다'로 바꿉니다. 저의 느낌에 일리가 있다면, 화자의 어조 변화는 어디쯤에서 일어나는 것일까요? 첫 연 마지막 행 "이 땅 위에 나의 방향이 있나니"와 둘째 연 마지막 행 "보라, 내게는 나의 방향이 있나니"에서도 살짝 기미가 느껴지지만, "아, 그녀에겐 붉은 매화꽃 맑은 향기가 있나니!//그때"에서 전환이 이루어진다고 저는 느낍니다. 전환 이후의, 상상 속의 황홀이 이 시의 핵심일 것입니다.

이 시 역시 시인의 실제 삶과 연결 지은 해석이 널리 유포되어 있습니다. 쉬즈모는 사랑하던 여자 린후이인이 1924년 6월 자신의 친구이기도 한 량쓰청과 함께 미국으로 유학을 가버린 얼마 뒤에 새로운 사랑을 만납니다. 화가 루샤오만입니다. 루샤오만은 쉬즈모의 친구의 아내였는데 쉬즈모와 사랑에 빠져 결국 남편과 이혼하고 1926년에 쉬즈모와 재혼합니다. 두 남녀의 사랑이 한창 진행되던 1924년 12월에 씌어진 이 시 속의 '그녀'가 바로 루샤오만이라는 것입니다. 그렇겠죠. 그것이 이 시의 창작이 시작된 지점이겠죠. 하지만 시가 도달한 곳은 쉬즈모-루샤오만의 연애, 이른바 '내로남불'의 연애를 훌쩍 뛰어넘은 어떤 보편적 지평, 에로티시즘의 세계입니다. 시작이 아니라 도달이 중요합니다. 도달을 시작으로 환원하는 것은 시를 가십으로 바꿔버립니다.

쉬즈모의 이 작품과 유사한 시가 사라 티즈데일에게 있군요. 티즈데일은 시 잡지 『Poetry』를 통해 세계적으로 널리 알려졌고 동시대의 동아시아 지역 시인들에게도 많이 읽혔는데, 그녀의 시 「Snow Song」(1911년에 출판된 시집 『Helen of Troy and Other

Poems』에 수록) 전문은 다음과 같습니다.

Fairy snow, fairy snow,

눈의 요정, 눈의 요정이,

Blowing, blowing everywhere,

날리네, 모든 곳에 날리네,

Would that I

나도 또한, 날 수가

Too, could fly

있으면 좋겠구나

Lightly, lightly through the air.

가볍게, 허공을 뚫고 가볍게.

Like a wee, crystal star

작은, 수정의 별처럼

I should drift, I should blow

나는 떠 가려오, 나는 날려 가려오

Near, more near,

가깝게, 더 가깝게,

To my dear

내 사랑에게

Where he comes through the snow.

가슴속으로 녹아들고 입술 위에서 죽는다

그가 눈을 뚫고 오는 곳으로.

I should fly to my love

나는 내 사랑에게 날아가려네

Like a flake in the storm,

폭풍 속의 눈송이처럼,

I should die,

나는 죽으리라,

I should die,

나는 죽으리라,

On his lips that are warm.

따스한 그의 입술 위에서.

눈이 바람에 날립니다. 그 광경을 보며 화자는 자신도 눈처럼 날 수 있으면 좋겠다고 생각합니다. 그 생각이 화자를 상상으로 이끕니다. '~리라'라는 의지미래 형태로 상상이 진행됩니다. '나'가 "작은, 수정의 별처럼", 즉 눈송이처럼 날아가려는 곳은 '그'가 오는 곳입니다. '나'는 그곳으로 허공을 뚫고 가고 '그'는 그곳으로 눈을 뚫고 옵니다. 둘이 만났을 때 '나'는 '그'의 입술 위에서 죽습니다. 눈송이인 '나'가 '그'의 입술 위에 내려앉아 녹아드는 것입니다.

쉬즈모의 시와 사라 티즈데일의 시가 매우 비슷합니다. 비슷하면서도, 화자의 젠더가 다르고, 쉬즈모 시에서는 상대가 한곳에 멈춰 있는 데 비해 티즈데일 시에서는 상대도 이동한다는 점, 그리고 쉬즈모 시의 남성 화자가 티즈데일 시의 여성 화자보다 더 여성적이라는 점, 티즈데일 시가 간결, 예리, 단호한 데 비해 쉬즈모 시가 풍부, 유연, 온건하다는 점 등이 주목됩니다. 두 시 사이에 영향 관계가 있는지는 확실치 않습니다. 영향 관계가 있든 없든 그 차이가 유사성보다 더 중요한 문제라고 생각합니다. 한국 시인 김소월의 "먼 훗날 당신이 찾으시면/그때에 내 말이 '잊었노라'"(「먼 후일」)와 티즈데일의 "누군가 물으면 잊었노라 말하세요/멀고 먼 옛날에"(「Let It Be Forgotten」) 사이에서도 마찬가지입니다. 다음 링크는 쉬즈모 시를 가사로 한 가곡을 타이완의 국립타이완대학교 합창단이 부른 동영상입니다.

국립타이완대학교
합창단,
「눈꽃의 기쁨」

추악의 미학인가, 추악의 멸망인가

원이둬闻一多
(1899~1946)

'사수死水'라는 말이 있습니다. 국어사전에도 등재되어 있는 한자어입니다. 글자 그대로 풀이하면 '죽은 물'이 되겠는데 실제로 물이 죽었다는 뜻이 아니라 '흐르지 않고 고인 물'이라는 뜻입니다. 원이둬 시인이 1925년에 지은 시 제목이 "사수"입니다. 중국에서 가장 유명한 시를 꼽을 때, 글쎄요, 10위 안에는 들지 않을까요?

이것은 도랑 가득 절망의 고인 물,
맑은 바람 불어도 잔물결 일지 않네.
차라리 녹슨 동철 더 많이 던져 넣고,
오히려 먹다 남은 찌꺼기를 뿌려라.

어쩌면 구리는 초록빛 비취 되고,
깡통엔 복사꽃 꽃잎 몇 장 수놓겠지.
그뿐인가 기름기로 한 겹 비단 짜내고,
곰팡이가 그 위에 꽃구름 피우겠지.

고인 물 발효되어 초록 술 빚어내고,
진주 같은 하얀 거품 가득히 떠다니리.
작은 구슬 웃음소리 큰 구슬로 변했다가,
술 훔치는 모기에게 깨물려 부서지리.

그러면 도랑 가득 절망의 고인 물도,
약간의 선명함을 자랑할 수 있으리라.
만약에 개구리가 적막을 못 참으면,
고인 물이 노랫소리 부르는 셈 치거라.

이것은 도랑 가득 절망의 고인 물,
여기는 결단코 미美 있을 곳 아니야,
차라리 추악에게 개간하게 하여서,
어떤 세상 만들지 가만히 지켜보자.

　　원시는 각 행이 모두 아홉 글자로 되어 있고 대체로 4음보
로 읽을 수 있으며 2, 3, 4연의 두번째 네번째 행에서 라임을 맞추

었습니다. 우리말 번역도 음보와 라임을 원시와 같게 만들었습니다. 그러기 위해 원시의 의미 요소를 일부 생략하기도 했습니다. 이렇게 번역해놓고 보니 우리 전통문학의 시조 느낌도 나고 근대 전환기의 창가 느낌도 납니다.

첫 연과 마지막 연은 수미상관을 이루고, 중간의 세 연은 시제가 미래입니다. 깨진 구리, 썩은 철, 음식 찌꺼기를 잔뜩 던져 넣고 뿌려 넣으면 이 고인 물에 어떤 현상이 생길지를 예상해보는 것입니다. 마지막 연에서 개념적으로 정리합니다. 이 고인 물은 아름다움이 있을 곳이 아니고, 그러므로 추악에게 맡겨서 추악이 어떤 세상을 만들어낼지 지켜보자는 것입니다.

이 시에 대한 일반적인 해석은, '사수'는 절망적인 중국 현실을 상징하고 '맑은 바람'은 새로운 사상과 새로운 역량을 상징한다는 것입니다. 미국 유학에서 돌아온 시인이 목도한 조국은 반식민지 반봉건 사회의 모순이 극대화된, 희망이 보이지 않는 상태였고 이에 실망한 시인이 중국 현실을 강렬하게 비판하고 애국의 열정을 표현했다는 것입니다.

그러나 저에게는 그런 해석이 다소 어색하게 느껴집니다. 시의 세부들과 부합하지 않는 점들이 있기 때문입니다. 시인 스스로 밝힌 바에 따르면, 어느 날 시인은 베이징 시내 시단西單이라는 상업 지역에서 도랑에 흐르지 않고 고여 있는 물을 보았고, 거기서 영감을 받아 이 시를 썼습니다. 중국 현실과 결부 짓지 말고 그냥 이 시 안에 나오는 것들로만 본다면 어떻게 읽을 수 있을까요?

첫 연에 나오는 "고인 물"은 이미 더러워진 물인 것 같습니다. 더러워져서 점도가 높아졌기 때문에 바람이 불어도 잔물결조차 일지 않는 것이죠. 정화될 가능성이 없으므로 "절망의 고인 물"입니다. 실제 도랑이라면 도랑을 준설하여 물이 흘러가도록 해서 정화가 가능합니다. 도랑 정도의 규모면 그리 어려운 일도 아닙니다. 그러나 이 시는 그 가능성이 없다는 전제하에 씌어졌습니다. 물론 실제 도랑에 대한 이야기가 아니라 이미지로서의 도랑에 대한 이야기이므로 규모가 문제 되지는 않겠습니다만, 중국 현실의 비유라는 의도를 강조할 때 도랑의 고인 물이라는 이미지가 스케일상 그다지 적절한 선택은 못 된다고 생각할 수도 있습니다.

이 시에서 상상되는바 부패-추악 속에서 생겨나는 현상들은 그 표현-시니피앙의 아름다움과 그 실제-시니피에의 추악 사이의 모순으로 인해 짙은 아이러니를 빚어냅니다. 초록빛 비취와 복사꽃 꽃잎, 비단, 꽃구름, 초록 술, 진주 같은 하얀 거품, 구슬의 웃음소리, 개구리 울음소리…… 세 연에 걸쳐 아이로니컬한 아름다움의 묘사가 계속됩니다. 이 아이러니는 한편으로 비아냥거림을 통해 혐오감을 더욱 강화하는 것으로 이해될 수도 있고(이렇게만 본다면 이 시는 풍자시가 되겠네요), 그와 동시에 보들레르 스타일의 추의 미학으로 이해될 수도 있습니다(이 점을 감안하면 단순한 풍자시가 아닙니다). 어쩌면 이 두 가지 미적 효과가 붙어 있는 데에 이 시의 비밀이 있는지도 모릅니다. 보들레르가 테오필 고티에에 관해 쓴 글 중 한 대목을 인용해둡니다.

끔찍한 것이 예술에 의해 솜씨 좋게 표현되면 미가 되고, 리듬과 박자에 맞추어진 고통이 마음을 조용한 희열로 채우는 것은 예술의 경탄할 만한 특권 중의 하나이다.*

한편 원이뒤의 시에서 마지막 연의 마지막 두 행이 특히 문제입니다. "차라리 추악에게 개간하게 하여서,/어떤 세상 만들지 가만히 지켜보자"는 이 대목을 보통 추악이 극도에 달하면 멸망하게 되고 그러면 새로운 전기轉機가 생길 수 있다는 뜻으로 풀이하고 그래서 희망이 표현되고 있는 것이라고 봅니다. 그러나 이 비유 안에서는, 추악이 극도에 달하면 그 추악이 멸망하는 것이 아니라 이 사수가, 이 도랑이, 돌이킬 수 없는 죽음의 세계가 되어 그 죽음을 도랑 밖으로까지 널리 퍼뜨릴 것입니다. 여기에 무슨 전기가 있겠습니까?

더구나 중간 세 연에서 아이러니하게 그려진 모습은 추악이 극도에 달해 멸망하는 모습이 아닙니다. '추악이 만들 세상'을 지켜보자는 것이 중간의 세 연에서 상상했던 그런 모습이 과연 생겨나는지를 지켜보자는 뜻인 걸까요? 아니면, 시 안에서는 언급

* 샤를 보들레르, 『악의 꽃』, 윤영애 옮김, 문학과지성사, 2021, p. 426.

되지 않은 어떤 멸망의 모습이 나타날 것을 지켜보자는 걸까요? 만약 전자라면, 마지막 두 행에 대한 위와 같은 해석은 '추악이 극도에 달하면 멸망한다'라는 관념을 억지로 갖다 붙인 꼴이 되겠습니다. 반면에 만약 후자라면, 중간 세 연의 긴, 시 전체 분량의 60퍼센트나 되는 묘사는 불필요한 과잉이 되고 정작 있어야 할 것은 없는 꼴이 되겠습니다. 이 문제를 적극 살펴야 이 시의 본색을 엿볼 수 있다고 생각합니다.

시 해석을 내재적인 것에서 멈추어도 좋고, 외재적 해석으로 나아가서 중국 현실이라는 맥락을 가지고 이 시를 감싸는 것도 좋습니다. 다만 어떻게 해석하든, 이 시에 내재되어 있는 양가적인 미적 효과를 충분히 고려해야 합니다. 그래야 단순하고 상투적인 해석으로 추락하지 않을 수 있습니다. 이 시의 시적 내용은 비판이니 애국이니 하는 개념적 요약에 있는 것이 아니라 그 미적 효과에 있습니다. 이에 초점을 맞추고 보면 이 시의 고인 물을 '중국 현실'의 '상징'이라고 규정하는 것은 부적절하다고 생각합니다. 상징이 아니라 알레고리일 것입니다. '중국 현실'의 '알레고리'! 만약 고인 물이라는 이미지가 '상징'이라면 그것은 중국 현실이 아니라 다른 어떤 것을 상징할 것입니다. 그것이 무엇인지 우리는 개념적으로 말하기 어렵습니다.

원이둬가 국민당 정부의 독재에 반대하고 민주화를 주장하는 투쟁에 참여하기 시작한 것은 1943년의 일입니다. 1944년 중국민주동맹에 가입했고, 1946년 7월 국민당 특무에게 암살당한 리궁푸의 추도회에서 강연을 한 뒤 그 자신도 암살당했습니다. 하지만 「사수」를 쓴 1925년 당시에는 베이징의 국가주의자 단체 연합회에 찬동하며 소련과 공산주의에 반대하는 활동에 참가했고, 1936년 서안사변 때는 장쉐에량을 비난하고 쟝졔스를 옹호하는 선언에 관여하기도 했습니다. 애국주의나 현실 참여라고 해서 다 같은 것이 아니고 한 사람에게서도 시간에 따라 변화가 나타나는 법이니 이는 조금도 이상한 일이 아닙니다. 다만 애국주의로 이 시를 해석하는 데는 외재적 해석의 선행이라는 문제 이외에도 그 애국주의의 내용이 불분명하다는 문제가 수반될 수 있습니다.

덧붙이고 싶은 질문 하나! 화자와 대상 사이의 관계가 어떤 관계냐 하는 문제입니다. 시적 화자는 맑은 바람과 동류인 긍정적 존재여서 부정적 존재인 고인 물과는 구별되는 것인가, 아니면 시적 화자 자신도 고인 물과 동일하거나 유사한 부정성을 지닌 존재인 것인가. 이 질문이 한국 시인 이하석을 상기시킵니다.

민들레와 제비꽃의 물가는 허물어져
연탄재와 고철들과 비닐 조각들로 어지럽다.
능수버들 허리 꺾인 곳 몇 개의 술집들 철거되고
술집들 더욱 변두리로 작부들 데리고 떠나가고
저 물에 빌딩과 거대한 타이프라이터와 시장이 비쳐온다.

시집 『투명한 속』(문학과지성사, 1980)에 실린 시 「깊은 침묵」의 일부입니다. 물이 있습니다. 이 물은 민들레와 제비꽃의 물이었는데 이제 연탄재와 고철과 비닐에 점령당하고 있습니다. 물가의 술집들은 떠나가고 빌딩과 타이프라이터와 시장이 그 자리를 차지합니다. 산업화와 더불어 진행되는 생태 파괴의 양상입니다. 원이뒤 시에서 부패가 무기물(광물질)과 유기물(음식 찌꺼기) 두 가지로 나타나는 데 비해 이하석 시에서는 거의 다 광물질(인간에 의해 가공된)의 부패입니다. 중요한 것은 이하석의 시에서 이 생태 파괴의 부정적 양상이 단지 외적 사실에 그치는 것이 아니라 시적 자아 내부의 문제이기도 하다는 점입니다.

  [……] 녹슬은 쇠들 흙 속에
  몸이 묻히며, 풀들의 뿌리에 얽힌다.
  처음에는 완강히 거부하다가
  마침내는 흙을 끌어당기며.

  같은 시집에 실린 시 「폐선로」의 일부입니다. 부정적 광물질이 풀과 흙에 흡수되어 자연으로 돌아가는 모습입니다. 이 역시 외적 사실이면서 동시에 시적 자아 내부에서 일어나는 일이기도 합니다. 이하석의 시에서 시적 자아는 죽음의 세계를 삶의 세계로 바꾸는 일을 스스로 수행하고 있습니다. 50년의 시차를 둔 두 시인의 시를 나란히 놓고 보니 여러 가지 생각이 떠오릅니다.

나를 스쳐 지나는 그녀는 누구인가

다이왕수戴望舒
(1905~1950)

다이왕수의 「비 오는 골목雨巷」(1927)은 쉬즈모의 「다시 케임브리지와 작별하며」와 더불어 20세기 중국 시 중에서 중국인들에게 가장 사랑받는 시입니다. 얼핏 보면 평이해 보이지만 실은 간단치 않은 시입니다. 솔직히 말하자면 저는 이 시에 통용되는 해석에 불만이 많습니다. 어떻게 해석하느냐에 따라 우리말 번역의 표현이 무척 달라지는데, 해석의 시비를 살펴보기도 전에, 저 나름의 해석을 전제한 번역을 먼저 제시하지 않을 수 없네요. 다음은 시 전문입니다.

撐著油紙傘, 獨自
지우산을 받친 채, 홀로
彷徨在悠長, 悠長

방황하네 길고도 길며

又寂寥的雨巷,

쓸쓸하기도 한 비 오는 골목에서,

我希望逢著

나는 만나고 싶네

一個丁香一樣地

마치 라일락처럼

結著愁怨的姑娘。

애수가 맺혀 있는 한 소녀를.

她是有

그녀는 가졌지

丁香一樣的顏色,

라일락 같은 빛깔,

丁香一樣的芬芳,

라일락 같은 향기,

丁香一樣的憂愁,

라일락 같은 우수,

在雨中哀怨,

빗속에서 슬퍼하고,

哀怨又彷徨 ;

슬퍼하며 방황하지;

她彷徨在這寂寥的雨巷,

그녀는 이 쓸쓸한 비 오는 골목에서 방황하지,

撐著油紙傘

지우산을 받친 채로

像我一樣,

나처럼,

像我一樣地

꼭 나처럼

默默彳亍著,

묵묵히 서성이지,

冷漠, 悽清, 又惆悵。

차갑고 처연하게, 또 서글프게.

她靜默地走近

그녀가 말없이 다가오고

走近, 又投出

다가와서는, 던지네

太息一般的眼光,

한숨 같은 눈빛을,

她飄過

그녀가 스쳐 지나네

像夢一般的，
꿈처럼,

像夢一般的悽婉迷茫。
꿈처럼 처량하고 아득하게.

像夢中飄過
꿈속에서 스쳐 지나는

一枝丁香的,
한 가지 라일락처럼,

我身旁飄過這女郎；
내 곁을 스쳐 지나는 이 소녀;

她靜默地遠了, 遠了,
그녀가 말없이 멀어지고, 멀어져서,

到了頹圮的籬牆,
무너진 담장까지,

走盡這雨巷。
비 오는 이 골목을 다 지나네.

在雨的哀曲裏,
비의 슬픈 곡조 속에서,

消了她的顏色,
그녀의 빛깔 사라지고,

散了她的芬芳

그녀의 향기 흩어지네

消散了, 甚至她的

흩어져 사라지네, 그녀의

太息般的眼光,

한숨 같은 눈빛까지,

丁香般的惆悵。

라일락 같은 슬픔까지.

撐著油紙傘, 獨自

지우산을 받친 채, 홀로

彷徨在悠長, 悠長

방황하네 길고도 길며

又寂寥的雨巷,

쓸쓸하기도 한 비 오는 골목에서,

我希望飄過

나는 스쳐 지나길 바라네

一個丁香一樣地

마치 라일락처럼

結著愁怨的姑娘。

애수가 맺혀 있는 한 소녀가.

널리 유통되고 있는 해석을 먼저 살펴보겠습니다. 가령 바이두백과의 해석을 보면, '그녀'의 출현이 환각일 수도 있고 실제일 수도 있다고 말하면서 환각일 경우와 실제일 경우의 차이에 대한 고찰로는 나아가지 않고, '그녀'가 순식간에 나타났다가 순식간에 사라진다는 데 주목하며 그때 화자의 심경이 어떠한지, 그리고 그런 '그녀'가 가리키는 것은 무엇인지에 대해 논의를 진행합니다. 그리하여 "시 속의 '소녀'는, 실제로 가리키는 것이 시인이 마음속으로 오랫동안 기대해온 아름답고 고결하고 우울한 소녀임을 알 수 있다. 하지만 이 '소녀'를 시인이 인생의 고민에 빠졌을 때 미래에 대해 갖는 아득한 동경을 대표하는, 시인의 마음속 몽롱한 이상과 추구라고 할 수도 있다"라고 설명합니다. 이 설명을 보면 '그녀'가 환각이든 실제든 중요한 것은 '그녀'가 무얼 가리키는가인 것 같습니다. 그리고 '그녀'가 애정의 대상을 의미하든 인생의 이상을 의미하든 화자가 실망과 희망, 그리고 환멸과 추구라는 상반되는 정서의 얽힘 속에 있다는 데에 주목합니다. 여기서 더 나아가면 1927년 여름에 씌어진 이 시가 4·12쿠데타 직후의 백색테러라는 사회적·정치적 분위기를 반영하고 있다는 해석까지 나오게 됩니다.

하지만 저는 '그녀'의 출현이 상상(환각보다는 상상이라는 말이 좋을 것 같습니다)이냐 실제냐의 차이가 가장 중요하다고 생각합니다. 솔직히 까놓고 말하면, 저는 이것을 실제라고 보는 걸 전혀 이해할 수가 없습니다. 첫 연에서 만나고 싶다고 했습니다. 그런데 둘째 연에 들어가자마자 '그녀'가 골목에 나타난다고요? 게다가 아무도 없는 비 오는 골목에서 마주친 생판 모르는 두 남녀가 센티멘털리즘에 젖은 채 눈빛을 던지고 스쳐 지나간다고요? 실제에서는 있을 수 없는 일이죠. 실제라면 '그녀'는 이 남자를 경계하겠죠. '그녀'가 감상에 잠겼다는 건 순전히 이 남자의 착각이겠죠. 이것이 실제라면 이 남자는 약간 정신에 이상이 있는 겁니다. 이것은 당연히 상상입니다. 상상이라야 시가 됩니다.

만나고 싶다고 말한 화자는 곧바로 상상을 합니다. 라일락 같은 빛깔과 향기와 우수를 가진 '그녀', 빗속에서 슬퍼하며 방황하는 '그녀', 지우산을 받치고 골목에서 방황하는 '그녀'를 떠올립니다. 이윽고 '그녀'가 그의 상상 속에서 능동적 주체로 변합니다. 이때부터 상상은 몽상으로 변합니다. 상상 속에서는 '나'가 대상을 구성하지만 몽상 속에서는 대상 스스로가 주체가 되어 '나'로부터 독립된 자율적 개체가 됩니다. 제 번역에서는 "그녀는 가졌지"라는 표현과 "그녀가 스쳐 지나네"라는 표현의 구별이 상상과 몽상의 차이를 반영합니다. 몽상 속의 '그녀'가 그에게 다가오고, 다가와서는 눈빛을 던지며 그냥 스쳐 지나가고, 골목 저쪽으로 사라집니다. '그녀'가 여기에 있었다는 어떠한 흔적도 남지 않고 다 사라져버립니다. 화자가 몽상에서 깨어납니다. 몽상에서 깨어난 화자는 상상에 들기 전의 바로 그 상태로 돌아옵니다. 그러나 이 화자는 이미 상상과 몽상을 겪었으므로 전과는 달라졌습니다. 전에는 '그녀'를 만나기를 희망했는데 이제는 '그녀'가 내 곁을 스쳐 지나기를 희망하는 것입니다.

　마지막 연에서 '나'가 '그녀'를 스쳐 지나는 것이냐, 아니면 '그녀'가 '나'를 스쳐 지나는 것이냐에 따라 이 시의 전체적 의미가 크게 달라집니다. 지금까지 저는 '나'가 '그녀'를 스쳐 지나가는 것으로 읽어왔고 그래서 '나'의 수동성이 능동성으로 바뀐다는 의미를 발견했었습니다. 그런데 어법을 전공하는 동학에게 자문을 구했더니 어법적으로 '그녀'가 '나'를 스쳐 지나는 게 맞는다고 합니다. 그러고 보니 이렇게 볼 때 이 시는 상징주의적 깊이를 더하게 됩니다. 몽상 속에서 '그녀'의 스쳐 지남을 겪은 화자는 이제 그 스쳐 지남을 현실에서 이루기를 희망합니다. '그녀'는 상징 그 자체입니다. 상징과의 만남은 순간적으로만 가능하므로 '나'와 '그녀'는 스쳐 지남 이상의 접촉을 할 수가 없습니다. 그러니 허무한 것일까요? 아닙니다. 그 순간이 귀중한 것입니다. 화자는 그 순간을 추구하는 것입니다. 이 장면은 보들레르의 시 「지나가는 어느 여인에게」 중 다음과 같은 대목을 연상시킵니다.

　　한 줄기 번갯불…… 그리고 어둠! ─그 눈빛이
　　순식간에 나를 되살리고 사라져버린 미인이여,
　　영원 속이 아니라면 그대를 다시 볼 수 없는가?*

─────────

*　샤를 보들레르, 『악의 꽃』, 윤영애 옮김, 문학과지성사, 2021.

세목에 있어서 흥미로운 모습들을 이 시는 많이 가지고 있습니다. 우선 우중의 라일락처럼 애수가 맺혀 있다는 것. 이것은 그냥 애수에 젖은 것과는 확실히 다릅니다. 그리고 이 이미지는 당나라와 송나라 사이, 즉 오대五代 때의 남당 중주 이경의 사詞에 나오는 "정향공결우중수丁香空結雨中愁(라일락 괜한 꽃망울 빗속에서 근심하네)"라는 구절과 연관됩니다. '정향결'은 라일락의 꽃망울(망울만 맺히고 아직 피지 않은 꽃)인데 비유적으로 맺힌 채 풀리지 않는 근심을 뜻합니다. 그러니까 라일락처럼 애수가 맺혔다는 것은 라일락 꽃망울 같다는 뜻입니다.

조어에 있어서는 'AA又B'라는 표현을 많이 사용하는 것이 눈에 띕니다. "哀怨,/哀怨又彷徨" "冷漠, 悽清, 又惆悵" "走近/走近, 又投出" "悠長, 悠長/又寂寥的"(강조는 인용자) 등 네 군데나 됩니다. 의미의 강조와 리듬의 부여를 의도한 것인데 우리말로 적절히 번역하기가 쉽지 않습니다. 고민 끝에 문맥에 따라 조금씩 다르게 번역을 했지만 여전히 만족스럽지는 못합니다. 압운 방식도 흥미롭습니다. 여섯 행으로 구성된 한 연 안에서 두 군데 혹은 세 군데를 압운했는데 환운하지 않고 전부 '앙ang'으로 운을 맞췄습니다. 원시의 압운을 그대로 번역에 반영하는 것은 불가능했지만 번역 시는 그 나름대로 우리말로 최대한 라임을 맞춰 보았습니다. 또 원시는 단어 층위에서 그리고 구 층위에서 다양하게 변주해가며 반복함으로써 너무 상투적이지도 않고 너무 생경하지도 않게 교묘한 리듬을 구축했는데 이 역시 만족스럽지는 못하지만 번역에 반영하고자 노력은 했습니다. 슬픔과 관계되는 단어도 여러 가지를 사용하고 있는데 그 뉘앙스의 차이를 우리말에 반영하는 것은 정말 어려웠습니다. 제 방식보다 더 좋은 방식이 얼마든지 있을 수 있으므로 필요하면 수정할 생각을 하고 있습니다.

　'나'를 스쳐 지나는 '그녀'가 누구인가라고 물을 때 이 물음이 '그녀'가 무엇을 가리키는가를 묻는 것이라면 순서가 잘못되었다고 저는 답하겠습니다. 먼저 '그녀'가 실제의 존재냐 상상 속의 존재냐를 물어야 합니다. '그녀'가 이상형의 여성인지, 이상과 추구의 비유인지, 혹은 다른 그 무엇인지는 그다음에 물을 수 있습니다. 화자의 모순된 심리 상태라든지 시가 씌어지던 당시의 사회적 분위기 같은 것도 그다음에야 고려할 수 있습니다. 제 개인적인 생각은 이 시의 경우 그런 것들이 별로 중요하지 않다는 것입니다. 틀렸다는 것이 아니라 어느 의미에서 너무나 당연한 이야기이기도 하고 이 시의 개성을 이해하는 데에 도움될 것이 별로 없지 않느냐 하는 뜻입니다. '나'를 스쳐 지나는 '그녀'가 상상 속의 존재이고 몽상 속의 존재라면 '그녀'는 과연 누구일까요? 시의 해석은 여기서부터 새롭게 시작되어야 할 것 같습니다.

감각의 변주곡

린후이인林徽因
(1904~1955)

쉬즈모의 연인으로 유명한 린후이인은 중국 최초의 여성 건축가이며 시인이자 작가였습니다. 린후이인의 시 중에서 가장 유명한 작품은 「너는 인간 세상의 4월의 날你是人間的四月天」(1934)입니다. "한 사랑의 찬가一句愛的讚頌"라는 부제가 붙어 있는 이 시는 죽은 쉬즈모를 위해 썼다는 설도 있지만 건축가 량쓰청(정치가 양계초의 아들)과 결혼하여 낳은 둘째 아이를 위해 썼다는 설이 유력합니다. 이는 훗날 장성한 그 아이가 아버지에게서 들은 이야기라고 하며 밝힌 바 있습니다. 이 시를 이해하기 위해 확인해봐야 할 것은 시 속의 4월이 어느 지방의 4월이냐 하는 문제입니다. 1928년 3월에 캐나다에서 결혼하고 유럽으로 신혼여행을 다녀온 뒤 같은 해 9월에 남편과 함께 요녕성 심양의 동북대학교 건축학과 교수로 부임한 린후이인은 1929년에 첫 아이를 낳았고,

1930년에 폐결핵 진단을 받고 치료를 위해 북경으로 거처를 옮겼습니다. 1932년에 둘째 아이를 낳았고, 이 시는 1934년 5월에 후이인徽音이라는 필명으로 처음 발표되었습니다. 이 시를 쓸 때 린후이인이 북경에 있었는지 심양에 있었는지는 분명하지 않습니다. 그러나 예컨대 4연 1행의 "눈 녹은 뒤의 그 연노랑"이 중국 동북 지방에서 아직 눈이 다 녹지 않은 3월 하순부터 빙설 사이로 피기 시작하는 얼음새꽃(빙릉화冰凌花, 복수초福壽草 등 여러 이름이 있음)이라면 이 시의 4월은 심양 지역의 4월일 것입니다. 중국은 워낙 큰 나라이므로 지역적 차이가 엄청나게 클 수 있습니다. 북경과 심양 사이에도 큰 생태적 차이가 존재합니다. 물론 이 시의 4월이 지역적 특정성 없는 4월일 수도 있겠지만, 그보다는 심양 지역의 4월일 가능성이 더 큰 것 같습니다.

처음 발표되었을 때의 행갈이는 아래 인용과는 매우 다르게 양행걸침enjambment(구 걸치기)을 많이 사용했는데, 거기에서 두 가지 의도가 발견됩니다. 첫째, 각 연 1행과 3행의 마지막 글자를 다 '앤ian'으로 압운하기 위해서. 둘째, 각 행의 글자 수를 아홉 자 내지 열한 자로 맞추기 위해서. 그러나 그 행갈이는 억지를 부린 것일 뿐 시의 리듬에 오히려 파탄을 초래한 것으로 보입니다. 4연 마지막 두 행 외에는 양행걸침을 하지 않은 아래 인용은 1, 2연만 1행과 3행이 압운되었고 나머지는 3행만 압운되고 있습니다(저의 번역에서도 이 압운을 반영했습니다). 각 행의 길이도 차이가 큰데, 특히 앞 네 연의 3행들은 그 앞 행에 비해 훨씬 길고 마지막 연의

3행만 앞 행과 길이가 비슷합니다. 이 행갈이가 훨씬 자연스럽고
세련된 리듬을 만듭니다.

我說你是人間的四月天;

아아 너는 인간 세상의 4월의 날이다;

笑響點亮了四面風;

웃는 소리가 사방의 바람에 불을 켜고;

輕靈在春的光艷中交舞著變。

경쾌함이 봄의 아리따움 속에 춤추며 변화한다.

你是四月早天裡的雲煙,

너는 4월 아침 하늘의 운무다,

黃昏吹著風的軟,

황혼에 바람의 부드러움이 불고,

星子在無意中閃, 細雨點灑在花前。

별이 무심히 빛나고, 이슬비가 꽃 앞에 뿌려진다.

那輕, 那娉婷, 你是,

그 가벼움, 그 어여쁨이다, 너는,

鮮妍百花的冠冕你戴著,

온갖 고운 꽃 화관을 너는 썼고,

你是天眞, 莊嚴, 你是夜夜的月圓。

너는 천진함, 장엄함이다, 너는 매일 밤의 달 차오름이다.

雪化後那片鵝黃, 你像;

눈 녹은 뒤의 그 연노랑을, 너는 닮았고;

新鮮初放芽的綠, 你是;

싱그럽게 갓 싹 튼 초록이다, 너는;

柔嫩喜悅, 水光浮動著你夢期待中白蓮。

부드럽고 즐겁다, 네가 꿈속에서 기대하는 백련이 물빛에 떠다닌다.

你是一樹一樹的花開,

너는 한 그루 한 그루의 꽃 핌,

是燕在梁間呢喃, ─你是愛, 是暖,

들보 사이 제비의 지저귐, ─너는 사랑이고, 따스함이고,

是希望, 你是人間的四月天!

희망이다, 너는 인간 세상의 4월의 날이다!

'너'가 두 살 난 아이를 가리킨다고 전제하고 읽어보겠습니다. 3연 3행의 "너는 매일 밤의 달 차오름이다"라는 구절이 주목됩니다. 달은 초승달에서 보름달까지 커졌다가 다시 그믐달로 작아져서 사라집니다. 그러므로 '매일 밤 차오르는 달'은 실제의 달이 아니라 엄마인 '나'가 매일 밤 두 살 난 아이의 아마도 자는 모습을 바라볼 때 아이에게서 연상하는 달입니다. 다시 말해 달을

보며 하는 말이 아니라 아이를 보며 하는 말인 것입니다. 이 시에 등장하는 바람, 운무, 황혼, 별, 이슬비, 백련, 꽃, 제비 등 대부분의 사물이 그러합니다.

이 시에 파생명사가 유난히 많이 등장하는 것도 같은 맥락이라고 생각됩니다. 1연 3행의 "輕靈" "光艶", 2연 2행의 "軟", 3연 1행의 "輕" "娉婷", 3행의 "天眞" "莊嚴", 5연 2행의 "暖" 등은 원래는 '경쾌한' '아리따운' '부드러운' '가벼운' '어여쁜' '천진한' '장엄한' '따스한'이라는 형용사인데 명사화되어 '경쾌함' '아리따움' '부드러움' '가벼움' '어여쁨' '천진함' '장엄함' '따스함'으로 사용되고 있습니다. 형용사는 아니지만 5연 1행의 "花開", 2행의 "呢喃"도 '꽃 피다' '지저귀다'가 아니라 명사화된 '꽃 핌' '지저귐'입니다. 1연 2행의 "笑響"도 '웃음소리笑聲'라는 명사가 아니라 '웃음이 울리다'의 명사화이고, 3연 3행의 "月圓"도 '보름달圓月'이 아니라 '달이 차다'의 명사화입니다. 이것들 중 2연 2행의 "부드러움"이 가장 극단적인 예가 됩니다. 2연 2행은 황혼에 바람이 부는 광경을 묘사한 것이니 '황혼에 부드러운 바람이 분다'가 자연스럽습니다. 그런데 시인은 의도적으로 '부드러운 바람軟的風'을 '바람의 부드러움風的軟'으로 바꿔놓은 것이죠. 그러니까 시인의 관심은 사물이 아니라 사물의 속성에 있는 것입니다. 봄의 아리따움, 별과 이슬비의 가벼움과 어여쁨, 달의 천진함과 장엄함 등. 4연 1행과 2행의 "연노랑" "초록"은 중국어에서도 한국어에서도 그 자체로 명사인데 연노란색 꽃에서 연노란색에 주목하고 초록색 싹에서 초록색에 주목하는 것 역시 파생명사들의 사용과 같은 맥락이라고 할 수 있습니다. 사물의 감각화이고 감각의 실체화입니다. 이 시에서 '너'는 A다,라는 은유의 A가 사물의 속성이 아니라 사물인 경우는 1연 1행의 "4월의 날"('날'을 넓은 의미에서 사물이라고 볼 때), 2연 1행의 "하늘의 운무", 이렇게 둘뿐입니다.

몇 가지 의문이 떠오릅니다. 1연 2행의 "웃는 소리"는 누가 웃는 소리일까요? 아이가 웃는 소리라고 보는 게 자연스럽겠죠? 웃는 소리가 멈춘 바람에 스위치를 켜서 바람이 불기 시작하는 것인가요? 그렇다면 다음 행의 "경쾌함"은 무엇의 경쾌함일까요? 바람의 경쾌함일까요? 그렇다면 시인은 경쾌한 봄바람이 이리저리, 혹은 강하게 약하게, 변화무쌍하게 부는 모습을 보고 있는 것일까요? 아닐 것 같습니다. 아이를 보고 아이가 웃는 소리를 들으면서 그런 봄바람의 모습을 연상하는 것이겠습니다.

4연 3행의 "柔嫩"은 '부드러운' '여린'이라는 형용사이고 "喜悅"은 '기쁨' '즐거움'이라는 명사로도 '기쁜' '즐거운'이라는 형용사로도 쓰이는 말입니다. "柔嫩喜悅"을 어떻게 번역해야 할까요? 저는 일단 "부드럽고 즐겁다"라는 번역을 택했습니다. 그렇다면 이 형용사 술어의 주어는 무엇일까요? 뒤에 나오는 "백련"일까요, 앞에 나온 "너"일까요? 둘 다에 걸릴 수도 있겠습니다.

그다음의 "네가 꿈속에서 기대하는 백련이 물빛에 떠다닌다"라는 구절은 잠자는 아이의 모습을 보면서 백련을 연상하는 것이라 여겨집니다. 하지만 뜻이 모호합니다. 백련이 물 위에 뜬 모습을 연상하는 것이라 할 때 그 백련이 "네가 꿈속에서 기대하는 백련"이라는 진술은 무슨 뜻일까요? '너'가 꿈속에서 기대하는 백련이 바로 '너' 자신이라는 뜻인 걸까요? 백련이 6월 이후에 개화한다는 생태적 사실에 비추어 볼 때 이 시의 시간적 배경은 4월이니 백련이 아직 개화하지 않은 때입니다. 그렇다면 '너'가 기대하는 것은 백련의 개화인 것일까요? 그리고 '나'는 그 꽃 핀 백련의 모습을 잠자는 '너'에게서 연상하는 것일까요? 여전히 모호합니다. 혹시 제가 어법적 파악을 잘못한 것인지도 모르겠습니다. 백련은 그것을 상징으로 삼은 백련교가 원나라 이후 중국에서 대단히 중요한 종교로서 역할을 해온 역사를 상기시키기도 합니다.

"인간 세상의 4월의 날"은 무슨 뜻일까요? "四月天"은 그냥 '4월'이라고 번역되기도 하고 '4월의 하늘'이라고 번역되기도 합니다만 '4월의 날'이 좋다고 저는 생각합니다. 4월의 날(혹은 날들)은 봄이고 만물의 소생이 이루어지는 시간입니다. 바로 그 소생의 시간이 인간 세상에서 구현된 것, 그것이 두 살 난 아이인 것이고, 그래서 "너는 인간 세상의 4월의 날이다"라는 기쁨에 찬 진술이 나오는 것입니다. 이 진술은 대번 엘리엇의 "4월은 잔인한 달"이라는 구절을 떠오르게 합니다. 엘리엇에게도 4월은 소생의 시간이지만, 이 시간은 기쁨의 시간이 아니라 잔인한 시간입니다. 그 소생이 거짓된 것이기 때문입니다. 이에 비하면 린후이인의 4월은 진정한 소생의 시간입니다. 린후이인이 결핍을 모르는 행복한 사람이기 때문일까요? 그렇지 않을 수도 있습니다. 이

기쁨에 찬 진술 뒤에 나름의 결핍이 숨어 있을 수도 있는 것입니다. 시의 첫 두 글자 "我說"는 '나는 ~라고 말한다'라는 뜻이나 '에' '또' '저'라는 감탄사로도 쓰이는 말인데, 제 번역이 "아아"라는 강한 감탄사를 택한 것은 결핍의 세계인 인간 세상에서 진정한 소생의 시간을 발견한 순간의 감격을 표현하기 위해서입니다. 제게는 그 감격이 애절하게 느껴집니다.

다시 가만히 들여다보면 이 시가 처음부터 끝까지 동일한 의미의 반복으로 이루어졌음을 알아볼 수 있습니다. "너는 인간 세상의 4월의 날이다"라는 진술의 의미가 다양한 이미지를 통해 계속 되풀이되는 것입니다. 그런데 이 반복은 단순한 반복이 아닙니다. 끊임없는 변주를 통해 반복되기 때문에 반복이면서 동시에 반복이 아니기도 합니다. 비유가 변하고 구문이 변하고 리듬이 변합니다(1연 3행의 마지막 글자 "變"이 주목됩니다). 마치 음악의 변주곡 같습니다. 린후이인의 이러한 시에 감각의 변주곡이라는 이름을 붙여봅니다. 이 변주곡의 가장 큰 특징은 평범의 거부라고 생각합니다. 문화적이고 관습적인 것으로 그치기 쉬운 평범한 이미지들이 이 감각의 변주곡에서 참신한 것으로 변모합니다. 다음 링크는 중국의 여성 가수 리위춘이 이 시를 노랫말로 하여 부른 노래입니다. 리위춘은 하이즈의 시 「바다를 바라보는, 꽃 피는 봄날」에 곡을 붙여 노래한 바로 그 가수입니다.

리위춘,
「너는 인간 세상의
4월의 날」

아폴리네르와 아이칭의 갈피리

아이칭艾青**(1)**
(1910~1996)

    1928년 18세의 아이칭은 아버지의 반대를 무릅쓰고 프랑스로 미술을 공부하러 갔습니다. 아버지가 경제적 지원을 끊는 바람에 고학을 하며 공부를 했고, 1932년 귀국한 뒤 중국좌익미술가연맹에 가입하여 미술운동을 하다가 반역죄로 체포되어 투옥되었습니다. 프랑스에서 미술 공부를 할 때 프랑스 현대시를 접했으며 특히 아폴리네르에 매혹되었던 이 젊은이는 중국의 감옥 안에서 그림을 그리는 대신 시를 쓰기 시작했습니다.

    이때 씌어진 옥중시 스물다섯 편 중 가장 유명한 작품은 「다옌허」(1933)지만 중국 현대시의 형성 과정이라는 맥락에서 볼 때 「갈피리蘆笛」(1933)도 그에 못지않게 중요한 작품입니다.

    "고故 아폴리네르 시인을 기념하여"라는 부제를 달았고 "그때 내겐 갈피리 한 자루가 있었지, 프랑스 대원수의 지휘봉과도 바꾸지 않았네"라는 아폴리네르 시의 한 구절을 불어로 인용하여 제사로 삼은 이 시는 아폴리네르를 '당신'이라고 부르는 것으로 시작됩니다.

> 나는 당신의 화려한 구라파에서
> 한 자루 갈피리를 가져왔어요,
> 그것과 함께,
> 나는 대서양가를
> 내 집처럼 거닐었는데,
> 지금
> 당신의 시집 "Alcool"은 상해의 경찰서에 있고,
> 나는 '범죄'자예요,
> 여기서는
> 갈피리도 금지된 물건이죠.

이 시에서 갈피리는 중의적입니다. 그것은 우선 "프랑스 대원수의 지휘봉과도 바꾸지 않"은 아폴리네르의 갈피리입니다. 이 갈피리는 물론 실제 갈피리가 아니라 '시'의 비유입니다. 그다음은 아이칭이 프랑스에서 중국으로 가져온 갈피리입니다. 그것은 우선 물질적인 것으로서 아폴리네르의 시집 『Alcools』(시인은 Alcool이라고 단수로 썼습니다)입니다. 지금 그 갈피리는 경찰서에 압수(감금)당했습니다. 그래서 지금 감옥에 갇혀 있는 시인 곁에

는 갈피리가 없는 것입니다.

> 그 갈피리가 생각나요,
> 그건 구라파에 대한 내 가장 진지한 추억이죠,
> 아폴리네르 씨,
> 당신은 폴란드 사람인 것만이 아니에요,
> 왜냐하면 당신은 정말로
> 내가 보기에,
> 몽마르트르에 널리 퍼진 이야기,
> 그 기나긴,
> 매혹적인,
> 마가레트의 떨리는, 루주 색 바랜 입술이
> 토해내는 연보랏빛 이야기예요.

감옥에 갇힌 채 시인은 그 갈피리를 추억하고 프랑스에서 들었던 매혹적인 아폴리네르 이야기를 회상합니다. 하지만 시인이 단순히 구라파에 대한 순진한 환상에 사로잡혀 있는 것은 아닙니다.

> 누가 마다하겠어요 그
> 브리앙과 비스마르크의 판도를 향해
> 경멸의 침 뱉는 일을 ―

눈가에 탐욕이 흘러넘치는,
비열한 도적들의 구라파!

　"브리앙과 비스마르크의 판도" "눈가에 탐욕이 흘러넘치는,/비열한 도적들의 구라파"를 향해 시인은 경멸의 침을 뱉습니다. 시인이 사랑하고 그리워하는 것은 아폴리네르의 구라파입니다.

　　하지만
　　나는 당신의 구라파를 사랑해요,
　　보들레르와 랭보의 구라파를.
　　거기에서,
　　난 배를 곯으면서
　　자랑스럽게 갈피리를 불었어요,
　　사람들이 내 모습을 비웃어도,
　　왜냐하면 그게 내 모습이기 때문에!
　　사람들이 내 노래를 들을 줄 몰라도,
　　왜냐하면 그게 내 노래이기 때문에!

　아폴리네르, 그리고 보들레르와 랭보의 구라파에서 시인은 갈피리를(이 갈피리는 비물질적인 것으로서 아폴리네르와 보들레르, 랭보의 시입니다) 자랑스럽게 불었습니다(시를 읽었습니다).

배를 곯으면서 갈피리를 부는 동양 청년의 모습을 구라파 사람들은 비웃었지만 이 젊은이는 그 모습과 그 노래를 자신의 것이라고 확신했습니다.

　　꺼져라,
　　너희들 한때 '라 마르세예즈'를 불렀지만,
　　지금은 더럽히고 있다 그
　　영광된 승리의 노래를!

　　프랑스 국가인 「라 마르세예즈」는 1792년 '8월 10일 사건' 당시 파리에 입성한 마르세유 출신 의용군들이 불렀던 노래입니다. '마르세유의 노래'라는 뜻이라고 합니다. 원래는 1792년 4월에 오스트리아군과의 전쟁을 앞둔 전선에서 프랑스군 공병 대위가 작사·작곡한 군가이고 그 제목은 "라인 방면군을 위한 군가"였습니다. 시인은 그 영광된 승리의 노래가, 즉 프랑스혁명이 더럽혀진 것을 안타까워합니다. 시인에게 프랑스혁명의 정신과 아폴리네르, 보들레르, 랭보의 시는 동일시됩니다. 주목할 것은 "꺼져라"라는 행에서 청자가 바뀐다는 점입니다. 아폴리네르, 즉 긍정적인 구라파에서 비열한 도적들, 즉 부정적인 구라파로. 한때 "라 마르세예즈"를 불렀지만 "지금은 더럽히고 있"는 "너희들"로. 이 네 행이 지난 뒤에 시인은 다시 청자를 바꿉니다. 이하는 아폴리네르에게 건네는 말로 보는 것도, 독백으로 보는 것도 다

가능하겠습니다만, 여기서는 독백으로 보고 높임법 어미를 사용하지 않기로 합니다.

오늘,
나는 바스티유 감옥에 있는데,
아니, 그 파리의 바스티유 감옥은 아니구나.
갈피리는 내 곁에 없고,
족쇄도 내 노랫소리보다 더 큰 소리를 내지만,
하지만 나는 맹세한다 — 갈피리에게,
그가 고통스럽게 능욕당하고 있기 때문에,
나는 마치 1789년처럼
살을 태우는 화염 속으로 내 손을 뻗으리라!

프랑스에서 시인이 보았던 그러한 구조는 지금 중국에서도 똑같이 발견됩니다. 파리의 바스티유 감옥과 지금 시인이 갇혀 있는 중국의 감옥은 다를 바가 없습니다. 시인은 감옥에 갇혀 있고 갈피리는 경찰서에 감금되어 있습니다. 프랑스에서는 자유로 웠던 갈피리가 중국에서는 감금되었으니 당연히 중국 사정이 훨씬 더 열악한 것이고, 그 감금은 갈피리에 대한 능욕입니다. 그 능욕이 시인을 분노하게 합니다. 분노한 시인은 갈피리(즉, 시)에게 맹세를 합니다. 이 부정적인 세계에 반역하리라는 맹세를. 시 쓰기를 통해 이루어질 그 반역의 맹세가 다음과 같은 격렬한 언어를 통해 표출되고 격정의 고조에서 시는 종결됩니다.

> 그가 나오는 날이면,
> 불어서 퍼뜨리리.
> 그를 능멸한 세계에 대한
> 파멸과 저주의 노래를.
> 그리고 또 나는 그를 높이 들어,
> 비장한 Hymne으로
> 그를 바다에 보내리라,
> 바다의 파도에게 보내리라,
> 거칠게 울부짖는
> 바다의 파도에게!

"그가 나오는 날이면"이라는 시행부터 갈피리는 더 이상 아폴리네르 시집이나 아폴리네르, 보들레르, 랭보의 시가 아니라 온전한 아이칭의 시가 됩니다. 다시 앞으로 돌아가보면, 갈피리가 아이칭 자신의 시라는 의미로 나타나기 시작한 것은 "거기에서,/난 배를 곯으면서/자랑스럽게 갈피리를 불었어요"라는 대목에서부터였습니다. 실제로 아이칭은 1932년에 프랑스에서 시 두 편을 쓰기도 했습니다. 여기서부터 갈피리는 한편으로 아폴리네르 시집이기도 하면서 동시에 아이칭의 시이기도 합니다. 이렇게 보면 이 시에는 프랑스 시의 영향에서부터 "파멸과 저주의 노래"이

자 "Hymne"(찬가)라고 자칭하는 아이칭의 시가 생성되기까지의 과정이 그려졌다고 말할 수도 있겠습니다. 그러니 옥중의 시인 곁에 갈피리가 없다는 진술은 한편으로 아폴리네르 시집이 없다는 뜻도 되지만 동시에 시인이 시 쓰기를 금지당했다는 뜻도 되는 것인데, 여기서 더 중요한 것은 후자이겠습니다. 실제로 옥중의 아이칭에게는 시 쓰기가 금지되었습니다. 하지만 바로 이 시를 포함해서 옥중시 스물다섯 편이 감옥에서 씌어진 것도 사실입니다. 몰래 써서 면회인을 통해 내보내 발표까지 했던 것입니다. 이 모순 혹은 역설도 중의성의 한 양상입니다.

앞에서도 언급했지만 서양에 대한 인식의 문제도 주목됩니다. 브리앙과 비스마르크의 유럽, 탐욕의 유럽, "라 마르세예즈"의 영광을 더럽히고 있는 유럽을 거부하고 보들레르와 랭보의 유럽을 긍정하는 데서 보듯, 맹목적이거나 막연한 동경이 아니라 비판적 인식이 뚜렷이 나타납니다. 이인칭 청자로 나타나는 아폴리네르, 즉 긍정적인 유럽과의 대화가 이 시의 전반부를 구성하지만, "꺼져라"부터 몇 행은 "라 마르세예즈"를 더럽히는 부정적인 유럽을 이인칭으로 불렀고, 그 뒤로는 다시 청자를 바꾸었는데, 서술 방식에 있어서 이러한 청자의 변화가 갈피리의 중의성과 맞물리는 데서 이 시의 묘미가 극대화됩니다.

눈 내리는 아침에 유년의 여름을 추억하는 마음

아이칭 (2)

「눈 내리는 아침下雪的早晨」은 아이칭 시인이 1956년에 쓴 시입니다. 중화인민공화국의 1956년은 백화제방과 백가쟁명이라는 이른바 쌍백 방침이 실시되던 때입니다. 이 시가 쌍백과 얼마나 관계되는지는 불확실하지만, 이제 만 46세가 된 시인이 눈 내리는 아침에, 먼 옛날의 여름 풍경 한 장면을 떠올린 뒤, 거기에 등장하는 어린아이가 지금 이 눈 내리는 아침에 무엇을 하고 있을지 궁금해하는 것으로 끝납니다. 그런데 그 아이가 수십 년이 지난 지금도 여전히 아이의 모습을 하고 있습니다. 이 대목이 이 시의 핵심인 것 같습니다.

눈이 내리네, 내리네, 소리도 없이,
눈이 내리네, 내리네, 쉬지도 않네.

새하얀 눈이, 가득히 뜰을 덮고,
새하얀 눈이, 가득히 지붕 덮네,
온 세상이 고요하네, 너무나 고요하네.

첫번째 연은 의미상으로나 리듬상으로 명료합니다. 2, 4, 5행
에서 압운했고, 각 행을 다 똑같이 3음보 리듬으로 구성했으며(번
역에서는 5행이 4음보로 되었지만), 구와 단어 층위에서의 반복을
각 행 안에서, 그리고 행들 사이에서 겹쳐 쌓음으로써 리듬감을
극대화했습니다. 이에 비하면 다음 연부터는 리듬감이 상당히 줄
어듭니다.

나부끼는 눈꽃을 바라보면서,
나는 생각했지 먼 옛날을, 먼 옛날을.
여름날의 숲이 생각났지,
숲속의 아침,
도처에 이슬이 가득하고,
태양이 방금 막 떠올랐지.
어린아이 하나, 맨발인 채로,
새벽빛 속에서 걸어오는데,
얼굴은 한 송이 꽃과 같고,
입으론 나지막이 노랫소리 내면서,
작은 손엔 장대 하나 잡고 있지.

조그마한 머리를 들고,

빛나는 그 한 쌍의 눈으로,

빽빽한 나뭇잎을 뚫어 보며,

매미 소리 찾고 있는데……

또 다른 작은 손은,

초록색 한 꿰미 들고 있지,

── 긴 한 가닥 강아지풀에,

꿰어 단 메뚜기랑 황금딱정벌레, 잠자리.

이 모든 것을,

나는 다 똑똑히 기억하네.

　　나부끼는 눈을 바라보며 과거를 회상합니다. 한 장면이 떠오릅니다. 여름날 숲속의 아침, 어린아이 하나가 곤충을 잡아 강아지풀에 꿰어 달며 놀고 있습니다. 나지막하게 노래하는 걸로 보아 이 아이는 즐겁습니다. 화자는 아이가 혼자 노는 것인지 다른 아이들과 함께 노는 것인지는 분명히 말하지 않았습니다. 또, 이 아이가 시인 자신의 어린 시절인지, 아니면 어린 시절에 보았던 다른 아이인지도 분명히 말하지 않았습니다. 어느 쪽이든 지금 그 아이가 놀던 모습을 똑똑히 기억합니다.

　　우리는 오랫동안 숲에 못 갔지,

　　거긴 벌써 낙엽이 가득 깔렸고,

사람 모습도 있을 리 없네.

하나 난 그 어린아이 기억해왔네,

그 가볍디가벼운 노랫소리도,

지금 이 순간, 그 아이, 어느 작은 집에선가,

쉼 없이 나부끼는 눈꽃을 보며,

숲에 가서 눈싸움하고 싶어 할지도 몰라,

호수에 가 썰매 타고 싶어 할지도 몰라,

하지만 절대로 모르겠지

한 사람이 자기를 생각하는 줄,

바로 이 눈 내리는 아침에.

　　오랫동안 숲속에 못 간 것은 '우리'입니다. '우리'가 누구일
까요? '우리'는 회상 속의 그 아이와 그 아이를 회상하는 '나' 두
사람일까요? 그렇다면 그 아이도 숲을 떠난 지 오래고, 떠난 뒤
그 숲속에 못 간 것이 됩니다. '우리'가 떠났기에 그 숲은 인적
이 끊겼고, 그래서 지금은 낙엽이 가득하고 사람 자취도 없을 것
입니다. 숲을 떠난 그 아이는 지금 어디에서 무엇을 하고 있을까
요? 지금 눈이 오고 있으니 그 아이도 내리는 이 눈을 보고 있을
텐데, '나'는 그 아이가 지금 무슨 생각을 하고 있을지 궁금해합
니다. 지금 '나'는 그 아이를 생각하지만 그 아이는 '나'가 자기를
생각하는 줄 알 리가 없습니다.
　　그런데 뭔가 이상합니다. 그 아이는 수십 년이 지난 지금도

여전히 아이입니다. 그렇다면 이 아이는 실제적 존재가 아니겠습니다. 먼 옛날의 그 아이가 이제 어른이 되어서, 어디선가 지금 내리는 눈을 보고 있다? 아닌 것 같습니다. 만약 그렇다면 어른이 된 그 아이도 지금 '나'처럼 어린 시절의 여름날을 회상하겠죠. 아무래도 다음과 같이 이해해야 할 것 같습니다. 회상 속에 등장한 아이는 '나' 자신의 유년 시절이고, 수십 년 뒤에도 옛 모습 그대로인 그 아이를 '나'는 직접 만나지 못한다고. 왜냐하면 유년 시절 이후로 그 아이와 '나'는 이미 분리되었기 때문에. '나'와 분리된 뒤 그 아이는 옛날의 그 숲이 아니라 어딘지는 모르지만 다른 곳에 가 살고 있습니다. 이 점이 특이합니다. 보통은 유년 시절의 자신을 회상할 때 그 아이는 과거의 그 시공간에 있게 마련입니다. 그런데 이 시에서는 그 아이가 과거가 아닌 현재의, 어디인지 모르는 장소에 와 있는 것입니다. 지금 그곳에도 여기와 마찬가지로 눈이 내릴 것이라고 '나'는 생각합니다.

눈은 아이칭 시인에게는 대부분의 경우 부정적인 존재입니다. 그것은 봉쇄하고 은폐하고 짓누르는 눈입니다. 그런 눈이 내리는 아침에, 행복을 상징하는 유년의 여름을 추억하고, 그 유년 시절의 자신이 지금, 유년의 모습 그대로, 자신과 마찬가지로 이 눈 내리는 아침을 맞이하고 있다고 상상하는 시인은 어떤 마음일까요? 저는 의혹을 금할 수 없습니다. '나'는 눈을 보며 과거의 여름을 회상하는데, '그 아이'는 겨울 놀이를 하고 싶어 합니다. '그 아이'에게는 여름이든 겨울이든 다 즐겁게 놀이할 수 있는 시간인 것일까요? '나'도 유년에는 그랬던 것일까요? 그랬다면 지금 '나'는 왜 눈을 보면서 유년 시절의 겨울을 떠올리지 않고 여름을 떠올린 걸까요?

겨울 놀이는 유년 시절이 아닌 현재의 것으로서, 현재의 '그 아이'가 하고 싶어 하는 것으로서 상상되고 있습니다(원문 "想到 樹林裡去…"의 '想'은 '~하고 싶다'의 뜻입니다). 이 상상은 무엇을 암시하는 것일까요? '그 아이'는 지금도 여전히 즐겁게 놀 수 있는 행복한 아이('나'와는 달리)라는 암시? 아니면, '그 아이'도 지금 놀고 싶어 하는 것일 뿐 실제로 노는 모습으로 나오지는 않으니, 하고 싶지만 못 하는 것이라는 그런 암시? 만약 그렇다면 왜 못 하는 것일까요? 숲이나 호수에 가서 놀아야 하는데 그 숲 그 호수가 오래전에 떠난 유년의 시공간이고 '그 아이'도 이제는 그 시공간으로 갈 수 없어서? 예컨대 다음과 같이 쓴다고 칩시다.

지금처럼 눈이 올 때면, 그 아이, 창가에 붙어 서서,
쉼 없이 나부끼는 눈꽃을 보며,
숲에 가서 눈싸움하고 싶어 했지,
호수에 가 썰매 타고 싶어 했지,
하지만 절대 몰랐네
한 사람이 자기를 생각할 줄,
바로 이 눈 내리는 아침에.

이렇게 쓰는 것과 시인이 실제로 쓴 것 사이의 커다란 격차를 생각해봅시다. 아이칭 시의 마지막 연은 뭔가 비논리적으로 뒤틀려 있습니다. 이 뒤틀림 속에 무엇이 들어 있는 것일까요? 북경사범대학교판 초등학교 4학년 어문 교과서에 실린 이 시에 대해 해설자들은 이구동성으로 유년에 대한 그리움과 동경이 주제라고 말하고 있습니다. 그 말이 틀린 것은 아니겠지만, 제게 더 강하게 느껴지는 것은 오히려 어떤 상실감입니다. 유년을 잃어버렸음을 깊이 느끼는 그런, 돌이킬 수 없는 상실감! 그리움에도 동경에도 짙은 그늘을 드리우는!

풍부와 풍부의 고통을 주시는 하느님

무단穆旦(1)
(1918~1977)

중국에서도 한국에서도 요즘 시가 난해하다는 불만이 많은
것 같습니다. 그런데 이는 꼭 요즘만이 아니고 예전부터 늘 있던
얘기입니다. 난해시 중에는 정말로 무의미하고 무가치한 것들도
있지만 기존 시의 경계에서 미지의 영역을 향해 분투하는 귀중
한 시들도 적지 않습니다. 문제는 그걸 가려 보기가 쉽지 않다는
것입니다. 영시의 경우, 월리스 스티븐스는 첫 시집을 펴낸 때가
1923년이었으니 이제 백 년이 지났는데도 그의 시는 여전히 난해
하기만 합니다. 하지만 그의 시를 무의미하고 무가치하다고 누가
말하겠습니까?

이런 의미에서 현대 중국의 난해시를 대표하는 시인은 무단
입니다. 1918년생으로 1940년대에 세 권의 시집을 냈고, 중화인민
공화국 건국 이후로는 시 쓰기를 중단했다가 1975년에 다시 시를

쓰게 되었으나 겨우 2년 만에 죽음을 맞은 그의 난해시는, 그러니까 1940년대 시인 것입니다. 1940년대의 중국 시는 동시대 세계 문학의 모더니즘의 수용을 완성하고 자기 나름의 시 세계를 형성해내는 데 성공했습니다. 중국의 현대시가 시작된 지 20여 년 만에 이룬 쾌거라 할 수 있습니다. 무단은 바로 그 성과를 대표하는 시인입니다. 이 성과가 1949년 이후로 중국 대륙에서 단절되어버린 것은 안타까운 일이 아닐 수 없습니다. 그것이 되살아나는 것은 1970년대 말에 와서의 일입니다.

우리가 읽을 「출발出發」(1942)은 무단의 시 중에서도 난해한 시로 손꼽히는 작품입니다. 이 작품에 대한 해석은 다양한데 그중 대표적인 것은 종교적 해석과 정치적 해석입니다. 종교적 해석은 아담과 이브의 원죄로 인해 인류는 고통을 겪을 수밖에 없는데 그 고통을 겪고 속죄를 해야 구원을 받을 수 있다는 기독교 사상이 이 작품의 주제라고 봅니다. 이러한 해석은 기독교 문학의 한 관점으로 유효한 것임이 분명한데 과연 무단의 시가 그러한지는 분명하지 않습니다.

정치적 해석의 예로 호주국립대학 박사논문인 쉬왕Xu Wang의 「The Poetry of Mu Dan(1918-1977)」(2016)을 살펴보면, 시 속의 '우리'는 죽이고 죽임을 당하는 상황으로 들어갈 것을 강요받고 있고, 이 곤경은 신 혹은 권력에 의해 초래되었으며, 사람들은 허위의 교육과 국가의 선전에 의해 복종당하고 희생당하고 있고, 휴머니티는 악의 지속적 음모에 의해 파괴당하고 있습니다. '신

혹은 권력'이라고 표현했지만 그 뜻은 신과도 같이 무소불위한 권력을 가리킵니다.

이 두 해석은 그 내용이 완전히 상반됩니다. 앞의 종교적 해석에서는 인간(원죄를 가진)에게 주어지는 고통이 긍정적 의미의 고통(속죄와 구원을 위한)이고 고통을 주는 자도 긍정적 의미의 존재(심판과 구원의 신)인 데 반해, 뒤의 정치적 해석에서 인간(의지에 반해 강요당하는)에게 주어지는 고통은 부정적 의미의 고통(희생당하고 파괴당하는)이고 고통을 주는 자도 부정적 의미의 존재(부패한 권력)입니다. 아무리 해석의 맥락이 종교적이냐 정치적이냐의 차이가 있다 하더라도 그 해석 내용이 이렇게 반대된다는 것은 특이하다 하지 않을 수 없습니다.

저는 시를 읽을 때 우선은 작품 안에서 읽어야 하고 작품 밖과 결부하는 것은 그다음이어야 한다고 생각하지만, 작품 밖의 것과 결부하지 않고서는 도저히 작품 안의 것을 이해할 수 없는 경우도 종종 있는 법인데 무단의 「출발」이 바로 그렇습니다. 이 시를 쓴 것은 1942년 2월 1일이고 그 직후에 무단이 국민당 정부의 정책에 따라 통역 장교로 입대하여 버마 원정군에 참가했다는 사실, 그리고 시의 제목 '출발'은 바로 전쟁터로의 출발을 뜻한다는 사실을 알지 못하면 이 시를 독해하기가 어려워집니다. 해석에 대해 섣불리 태도를 결정하기 전에 작품을 꼼꼼하게 읽는 일이 선행되어야 함은 어느 시나 다 마찬가지겠으나 무단의 「출발」은 특히 그러합니다. 지금 우리는, 이 시가 전쟁터로 출발하기 직전에 쓴 시라는 사실을 해석에 적극적으로 관여시키되 최대한 시 내부에서의 이해를 꾀하면서 번역을 해보기로 하겠습니다.

> 우리에게 말씀하신다 화평하면서 또 살육도 해야 한다고,
> 그리고 그 싫어하는 것을 우리가 먼저 좋아해야 한다고.
> "인간"을 아는 것으론 충분하지 않아서, 우리는 다시 배운다
> 그것을 유린하는 방법을, 기계적 진형을 짜고서,
> 온 마음 온몸으로 한 무리 짐승처럼 꿈틀거리면서,

첫 연입니다. 위의 번역이 나오기까지 꽤나 복잡한 과정을 거쳤습니다. 중국어 원문에 대한 어법적 분석을 여기서 일일이 소개할 수는 없겠지요. 결과만을 놓고 보자면, 처음 두 행에서 "싫어하는 것"이란 곧 사람을 죽이는 일일 것입니다. 전쟁터에선 사람을 죽여야 하니까. 그다음 세 행에서는 큰따옴표로 표시한 "인간"을 아래에서 "그것을"이라고 받은 점이 눈에 띕니다. 사물화되고 동물화되는 인간! 이 세 행은 전쟁 장면을 묘사한 것일까요, 훈련 모습을 묘사한 것일까요?

> 우리에게 말씀하신다 그것은 새로운 아름다움이라고. 왜냐하면
> 우리가 입 맞춘 것들은 이미 자유를 잃어버렸기 때문에;
> 좋은 날들은 지나갔지만, 그렇지만 미래가 다가오고,

우리에게 실망과 희망을 주시고, 우리에게 죽음을 주신다,
왜냐하면 그 죽음의 제조는 반드시 파괴되어야 하기 때문에.

두번째 연입니다. 앞 연 마지막 행이 쉼표로 끝나서 두 연 사이에 연결 관계가 있음을 알아차릴 수 있습니다. 연결해서 보면 앞 연 마지막 행의 '꿈틀거림'이 '새로운 아름다움'이 됩니다. 그 다음의 "왜냐하면 [……] 때문에"는 어디에 걸리는 걸까요? 앞에? 뒤에? 바로 뒤의 '좋은 날들은 지나갔다'의 이유로 봐야 할 것 같습니다. 4행의 "실망"은 좋은 날들이 지나간 것이고, "희망"은 미래가 다가오는 것입니다. '하느님이 우리에게 죽음을 주시는' 이유는 마지막 행에 나옵니다. "그 죽음의 제조는 반드시 파괴되어야 하기 때문"인 것이죠. 통사 구조 파악이 쉽지 않습니다. 저의 이러한 파악이 수정되어야 할지도 모릅니다.

우리에게 다감한 영혼을 주시고 그것에게 시키신다
경직된 소리로 노래하라고. 개인의 슬픔과 기쁨이
대량으로 제조되고 또 멸시당하고
부정되고, 경직되는 것, 그것이 인생의 의미다;
당신의 계획 속엔 해로운 고리가 들어 있어서,

우리를 현재 속에 가두신다, 아 하느님!
송곳니 모양의 지그재그형 복도 속에서 우리를 반복적으로

행진하게 하시고, 우리를 믿게 하신다 당신의 모든 혼란스러운 말이

하나의 진리라고. 그리고 우리는 귀의자들,

당신은 우리에게 풍부를, 그리고 풍부의 고통을 주신다.

마지막 두 연입니다. 셋째 연과 마지막 연은 쉼표로 연결됩니다. 이 점만 주의하면 이 두 연은 어법적으로 까다롭지 않기 때문에 파악이 어렵지 않은데, 그렇다고 의미 파악이 쉬운 것은 아닙니다. 여전히 의미는 모호합니다. 다만, 하느님이 인간에게 모순되는 것들을 동시에 요구한다는 사실과 이에 대한 진술이 변주 반복되고 있다는 점은 알아볼 수 있습니다. 첫 연부터 마지막 연까지 다양한 방식으로 반복되고 있기 때문에 이것을 알아차리는 것은 어려운 일이 아닙니다.

이제 정치적 해석에서 읽어내는 비판적 태도와 종교적 해석에서 읽어내는 인간 존재의 상황을 종합하여 우리 나름의 해석을 시도해봅시다. 그 종합의 지평은 종교가 아니라 실존입니다. 이 실존적 지평에서 신은 악의를 지닌 신이고, 인간에게 부조리한 상황을 강요합니다. 인간은 그 강요를 거부하지 못합니다. 받아들일 수밖에 없습니다. 그러나 받아들이되 그 강요에 대해 비판적으로 인식하고 그것에의 반항과 그것으로부터의 일탈을 꿈꿉니다, 헛되이, 헛된 줄 알면서도. 거의 시시포스를 연상시키는 이러한 태도는 따라서 실존주의의 맥락에서 재음미될 필요가 있다고

생각합니다.

「출발」의 배경이 되고 있는 전쟁은 이러한 실존적 지평의 가장 극명한 한 상황이라 할 수 있습니다. 말하자면 「출발」에는 정치 비판적인 측면도 있고 종교 비판적인 측면도 있고 반전사상적인 측면도 있는바, 이것들이 모두 실존적 지평에 융합되고 있는 것입니다. 이 융합을 바라보는 화자의 시선은 자기 자신을 포함하는 시적 대상으로부터 냉정하게 일정한 비판적 거리를 두고 있는데 이 점은 「출발」뿐만 아니라 무단 시에 널리 나타나는 중요한 특징이라 할 수 있습니다.

마지막 행의 "풍부"와 "풍부의 고통"('풍부한 고통'이 아닙니다. 시인 자신이 영어로 "its agonies"라고 번역한 바 있습니다)이라는 말의 의미는 좀더 숙고될 필요가 있겠습니다. 이 '풍부'를 시인이 영어로 "fulfillment"라고 번역한 것을 참조하면, 그것을 '충만'과 동의어로 보고 고통이 수반되는 실존적 충만이라는 뜻으로 해석할 수도 있겠습니다. 「출발」 안에서 달리 보면 앞에 나오는 '대량 제조'라는 말과 관련지을 수도 있는데, "시 8장"이라는 제목의 다른 시에서는 그 말이 또 다른 너와 나你我의 부단한 첨가라는 의미로 나타납니다. 「시 8장」에서 그 첨가는 풍부를 초래함과 동시에 위험을 초래합니다.

난해하죠? 전체적인 해석은 제 나름대로 구성해보았지만 세부에 있어서는 판단을 보류하고 괄호 쳐둔 것이 꽤 많습니다. 자신에게 난해하다고 그 시가 엉터리거나 나쁜 것은 결코 아닙니다. 저에게 무단의 「출발」은 앞으로도 계속 되풀이해 읽어야 할 귀중한 난해시입니다.

광야에 잔혹한 봄이 올 때

무단(2)

무단의 시를 한 편 더 읽어보겠습니다. 1940년 작으로 제목이 "광야에서在曠野上"입니다. 텅 비고 넓은 들판이라는 뜻의 '광야'라는 말이 당시 한·중·일 세 나라의 시인들에게 애용되었다고 하는데, 한국은 이육사의 「광야」가, 중국은 무단의 「광야에서」가 좋은 예입니다.

> 나는 내 마음의 광야로부터 외치노라,
> 내가 엿본 아름다운 진리를 위하여,
> 하나 불행히도, 방황의 날들은 더 이상 없으리,
> 내가 내 잘못된 유년을 교살한 그때부터,
> (그 다정한 고집과 편견!)
> 우리의 세계는 망각 속에서 선회하나니,

매일 밤 매일 낮, 거기에는 금색과 은색 빛이 있고,

사람들은 모두 행복하게 살아가며

즐겁게 번영하나니, 온갖 죄악 위에서,

오래된 미덕은 오직 어린아이를 위한 것

저 쓸쓸한 야수의 평생의 흐느낌,

옛날부터 지금까지, 그는 자기 자손들에게 해를 끼치고 있도다.

첫번째 연입니다. 두 개의 서로 다른 시간대가 나타나고 있습니다. 하나는 과거입니다. 과거에 '나'는 진리를 엿보았습니다. 보통은 진리를 보게 되면 그 전까지의 방황이 끝납니다. 여기서도 방황이 끝납니다. 그런데 방황이 끝난 데 대해 왜 "불행히도"라는 말을 붙였을까요? 이 방황이 끝난 것은 진리를 보았기 때문이 아니라 "잘못된 유년을 교살"했기 때문인 것 같습니다. 그 유년의 착오(고집과 편견을 내용으로 하는)와 방황은 단순히 부정적인 것이 아니라 진리와 결부되어 있는 것으로 여겨집니다. 말하자면 이 진리는 투명한 형태로 존재하는 것이 아니라 방황이나 착오 속에서 구현되거나 인지되는 것이며, 그렇기 때문에 그 인지는 엿보는 정도로만 이루어집니다. 유년의 착오와 방황이 없어지면, 그 편린만을 보여주었던 진리도 다시 망각 속으로 모습을 감추게 되는 것입니다. 이에 따라 세상도 바뀝니다. 바뀐 세상에는 금색과 은색 빛이 있고 사람들이 행복하게 살고 있습니다. 외견상으로는 긍정적인 것처럼 보이지만, 이는 "온갖 죄악 위에" 있는 것이므로 사실은 부정적인 것입니다. 진리의 망각이라는 죄악을 의식한 "야수"(시의 화자도 야수 중의 하나일 것 같군요)는 평생을 흐느끼지만 죄를 씻지 못하고 그 죄는 다음 세대에까지 유전됩니다. 어린아이는 착오와 방황 속에서 진리를 엿볼 수 있지만, 이 아이가 "잘못된 유년을 교살"할 때 그 역시 죄인이 되어버립니다. 이상과 같은 사연 때문에 지금 '나'는 마음의 광야로부터 외치는 것입니다.

> 광야에서, 나는 홀로 추억하고 몽상하노라:
> 자유로운 하늘에서 순수한 전자가
> 작은 우주를 담은 채, 빛을 뿜으며,
> 모든 것을 꿰뚫고 다른 전자와 화합하는 것을,
> 요란한 봄 우레가 하늘 끝에서 멈출 때.

두번째 연입니다. 첫 행에서 '나'는 지금 추억하고 몽상합니다. 그다음 세 행은 그 추억과 몽상의 내용이니 과거의 일입니다. 마지막 행의 "요란한 봄 우레가 하늘 끝에서 멈출 때"라고 묘사된 시간은 추억하고 몽상하는 지금일까요, 추억되고 몽상되는 과거일까요? 분명하지 않습니다. 지금이라면 지금 치는 봄 우레를 보니 과거의 일이 기억나 그 기억을 떠올려보는 게 될 터이고, 과거라면 과거의 일이 봄 우레가 칠 때 일어났던 게 되겠습니다. 어느 쪽이든 간에 중요한 것은 그 추억과 몽상의 내용이 무엇이냐입니다. 네번째 행의 원문 "穿射一切和別的電子化合"을 저는 '모든 것을 꿰뚫다穿射一切'와 '다른 전자와 화합하다和別的電子化合'로 나누어서 번역했는데, 이렇게 번역하면 전자와 전자의 화합이 그 내용이 됩니다. 천둥 번개가 치는 모습에서 전자와 전자의 화합을 본(물론 상상적으로) 것이겠지요. 이것이 바로, 첫번째 연에서 단지 "진리를 엿보았다"라고만 진술했던 그 진리의 모습일 것 같습니다. 망각되었던 진리의 모습을 지금 추억하고 몽상하는 것입니다. 저는 마지막 행의 "봄 우레"를 현재의 것이라고 보는 쪽을 선택합니다. 그러면 이 "봄 우레"는 추억과 몽상의 계기가 되는 것이죠.

광야에서, 나는 전차를 몰아 달리노라,
나의 금륜金輪이 끊임없는 회오리바람 속에서 급선회하고,
뭉개진 누런 잎이 편편이 휘날리는데,
(돌아보니, 녹색 신음과 원한이 얼마나 많은지!)
나는 빠른 말에 채찍질을 할 뿐, 내가 가져온
승리의 겨울을 자랑하기 위해.
광야에서, 끝없는 스산함 속에서,
아무도 모르지 따스한 바람과 화초가 어디로 날려 갈지,
잔혹한 봄이 그것들을 펼치고 또 펼치며,
맑은 샘물과 숭고한 햇빛을 이용하여,

118

절망의 채색과 무력한 요절을 살려내나니.

세번째 연입니다. 앞 여섯 행에서 '나'는 "내가 가져온/승리의 겨울"을 자랑하기 위해 마차를 빠른 속도로 몰아 달립니다. 바퀴에 뭉개진 누런 잎들이 휘날립니다. "내가 가져온/승리의 겨울"이 무슨 뜻인지 모호합니다. '내가 겨울 중에 거두었던 승리를 가져왔다'는 뜻일까요? 그렇다면 그 승리는 진리를 엿본 것이거나 진리의 기억을 떠올린 것일 수 있겠습니다. 이를테면, 진리의 기억을 떠올린 것을 자랑하기 위해 '나'는 빠른 속도로 말을 모는 것이죠. 하여간 분명한 것은 지금이 겨울에서 봄으로 계절이 바뀌는 중이라는 사실입니다. 봄이 옵니다. 스산하던 광야에 따스한 바람이 불고, 바람과 화초가 광야에 널리 펼쳐지고, 맑은 샘물과 숭고한 햇빛이 절망과 죽음을 물리칩니다. 그런데 왜 잔혹한 봄일까요? 절망과 죽음의 계절인 겨울이 물러가고 희망과 생명의 계절인 봄이 오는 것 아닌가요? '잔혹한 봄'이라는 말에 이 시의 비밀이 숨어 있습니다.

> 그러나 나의 무겁고, 어두운 암반에선,
> 내 오래전 깊이 묻은 빛과 열의 원천이,
> 끊임없이 쪼개지고, 뒤집히고, 불타노라,
> 광야에서 유혹의 노랫소리 스쳐 지날 때,
> O, 인자한 죽음의 신이시여, 제게 평온을 주소서.

마지막 연입니다. 외치고 몽상하고 달리며 진리의 기억을 떠올린 것을 자랑스러워하던 '나'였으나, 이제 '나'의 마음속 깊은 곳 무겁고 어두운 암반에서 "빛과 열의 원천"이 쪼개지고 뒤집히고 불탑니다. '나'의 내면의 평온이 깨어지고 고통이 들끓는 것입니다. 다음 행의 "광야에서 유혹의 노랫소리 스쳐 지날 때"는 앞에 걸릴 수도 있고 뒤에 걸릴 수도 있겠습니다. 앞에 걸린다면 이 유혹은 봄의 유혹이고, 이 유혹 때문에 '나'의 내면의 평온이 깨어진 것이 됩니다. 뒤에 걸린다면 이 유혹은 죽음의 신의 유혹이 되겠습니다만 앞에 걸리는 것으로 보는 편이 뜻이 더 잘 통하는 것 같습니다. 마지막 행에서 죽음의 신에게 비는 "평온"은 죽음일 것입니다. 고통이 얼마나 크기에 죽음을 원할까요? 그 큰 고통을 초래한 것이 봄의 유혹이라면 이 봄은 과연 잔혹한 봄이라 할 수 있겠습니다.

　　"잔혹한 봄"이라는 구절에서 우리는 엘리엇의 시 「황무지」를 떠올릴 수 있습니다. 다섯 부로 구성된 이 유명한 시의 제1부 '죽은 자의 무덤'은 다음과 같이 시작합니다(아래 인용의 번역은 영문학자이기도 한 황동규 시인의 것입니다).

　　　4월은 가장 잔인한 달
　　　죽은 땅에서 라일락을 키워내고
　　　추억과 욕정을 뒤섞고

잠든 뿌리를 봄비로 깨운다.
겨울은 오히려 따뜻했다.
잘 잊게 해주는 눈으로 대지를 덮고
마른 구근으로 약간의 목숨을 대어주었다.

겨울이 죽음의 계절이고 봄이 재생의 계절이기만 하다면 4
월이 잔인할 리가 없겠지만, 시의 화자는 "오히려 따뜻"하고 "목
숨을 대어주었"던 겨울의 평온이 깨어지는 것을 원치 않습니다.
이 화자는 시인 자신이 아니라 하나의 극중 인물에 해당한다고
할 수 있습니다. 이 인물의 목소리를 통해 '가사假死' 상태에 빠진
채 거기에서 벗어나지 않는, 혹은 못하는 유럽 문명을 풍자했다
고 볼 수도 있겠습니다(원래는 "그는 서로 다른 목소리들로 세상을
정탐한다"라는 찰스 디킨스 소설의 한 구절을 따와 제목을 붙이려
했다고 합니다). 혹은 좀더 적극적으로 의미를 부여해서, "라일락
을 키워내고" "추억과 욕정을 뒤섞고" "잠든 뿌리를 봄비로 깨"
우는 이 재생은 진정한 재생이 아니라 거짓 재생이라고 볼 수도
있습니다. 성배 전설을 제재로 한 이 시에서 성배를 찾지 못했는
데 어떻게 재생이 가능하겠느냐고 물을 수 있는 것이죠. 거짓 재
생은 공허한 추억으로 오히려 고통을 줄 따름이라는 해석이 그래
서 가능해집니다. 여기서 삶이 죽음이 되고 죽음이 삶이 되는 역
설이 나타난다고 해석됩니다.
　　무단의 "잔혹한 봄"이 엘리엇의 '잔인한 4월'과 무관하지 않

다고 저는 생각합니다. 무단은 대학에서 영문학을 전공했고, 마침 교환교수로 와 있던 『애매성의 일곱 가지 유형』의 저자 윌리엄 엠프슨에게 배우기도 했습니다. 무단이 엘리엇을 수용한 것이라면, 그는 엘리엇 시의 4월의 재생을 거짓 재생으로 보았으리라 짐작됩니다. 무단의 시에서 봄이 바로 그렇습니다. 첫번째 연에서 묘사된 현재가 "온갖 죄악 위에서"의 행복인 것처럼 두번째 연 이후의 봄은 바로 거짓 재생인 것입니다. 방황, 착오 등과 결부된 것이기는 하지만 어쨌든 진리도 오히려 겨울의 것입니다. 봄에 진리는 망각의 상태에 묻힙니다. 무단에게서 특히 주목할 것은 죽음의 신에게 평온을 달라고 비는 마지막 구절입니다. 이 비관주의, 이 비극성이 무단의 특징인 것입니다.

　　무단 시에 대한 다른 독법도 가능하다고 생각합니다. 저는 과거-겨울과 현재-봄이라는 두 개의 시간의 구분을 기준으로 시를 읽었는데, 기준을 달리하면 다른 독법도 성립될 수 있습니다. 어떤 해석자는 앞의 세 연은 환상이고 마지막 한 연은 현실이라고 보고 시를 읽습니다. 그리하여 환상 속에서 외치고 몽상하고 동경하지만 현실에서는 열정이 억압받는다고 봅니다. 환상과 현실의 모순, 환상 속 이상理想과 현실 속 좌절 사이의 모순이 무단의 핵심 주제라는 것입니다. 환상 속의 이상은 허망한 것이므로 택하지 못하고 현실 속의 좌절과는 용감하게 맞서 싸우지 못하므로 남는 것은 절망이라고 무단을 설명합니다. 이러한 이해와 설명은 이상을 위해 현실 속에서 맞서 싸워야 한다는 당위를 전제하고 있는 것 같습니다. 하지만 이 시에서 '광야'는 시적 화자의 마음속 존재이면서 동시에 현실의 세계를 은유하는 것이기도 하므로 환상이라면 다 환상이고 현실이라면 다 현실이라고 할 수 있습니다. 게다가 그러한 해석은 환상 안에 이질적인 것들이 얽혀 있는 점을 간과했습니다. 또 어떤 해석자는 이 시의 시간을 현재-과거-현재-과거-현재-미래를 넘나드는 것으로 파악합니다. 예컨대 2연은 과거를 묘사했는데 긍정적 시어를 사용했고, 3연은 현재를 묘사했는데 부정적 시어를 사용했다는 것이며, 미래의 시간 역시 부정적으로 전망된다는(해석자는 이 대목에서 미래의 시간에 나타날 초인을 꿈꾸는 이육사의 「광야」와의 차이를 발견하는데 이에는 저도 공감합니다) 것입니다. 그런데 이 독법에서는 겨울과 봄이라는 두 계절에 대한 고려가 없습니다. 우리의 독법은 겨울과 봄에 초점을 맞춘 것이었고 그에 따라 시간의 세부적 파악에도 적지 않은 차이가 생겨났습니다. 겨울과 봄이라는 모티프에 주목하지 않으면 아이러니와 역설이 얕아지는 것 같습니다. 여러분 각자에게는 어떻게 보일지 찬찬히 음미해봅시다.

미래를 믿는 자의 새벽 바다

스즈食指
(1948~)

　　20세기 후반 중국 시에서 가장 유명한 시가 어느 것인지는 분명치 않습니다. 조사해봐야 알겠고, 또 조사 방식에 따라 달라지겠죠. 하지만 그 후보로 오를 만한 시편들 중에 1968년 작인 스즈의 「미래를 믿는다相信未來」와 1976년 작인 베이다오의 「회답」이 포함될 것은 분명합니다. 시인이나 시에 대한 이런저런 정보는 뒤로 미루고, 시 자체부터 보는 게 좋겠습니다. 먼저 「미래를 믿는다」부터.

　　거미줄이 내 부뚜막을 사정없이 압류할 때,
　　잿더미에 남은 연기가 가난의 슬픔을 탄식할 때,
　　나는 의연히 고집스레 실망의 재를 펼쳐놓고,
　　아름다운 눈꽃으로 쓰네, 미래를 믿는다고.

내 자줏빛 포도 깊은 가을 이슬로 변할 때,
나의 꽃이 다른 이 품에 다정히 기댈 때,
나는 의연히 고집스레 서리 맺힌 마른 덩굴로,
처량한 대지 위에 쓰네, 미래를 믿는다고.

나는 손가락, 저 하늘가로 치솟는 물결로,
나는 손바닥, 저 태양을 밀어 올리는 바다에,
새벽빛 저 따스하고 예쁜 붓대 흔들어,
어린아이 글씨로 쓰려네, 미래를 믿는다고.

처음 두 연은 구조가 똑같습니다. 부뚜막의 불은 꺼지고 재만 남았으며 포도도 꽃도 다 상실한 상태에서 '나'는 그 재 위에 눈꽃으로 글자를 쓰고, 대지 위에 마른 덩굴로 글자를 씁니다. 미래를 믿는다,라고. 세번째 연이 까다롭습니다. 2006년에 남아프리카공화국 시인 로버트 베롤드(당시 중국 절강대학에서 영어를 가르치고 있었음)와 절강대 교수 왕즈꽝, 영문 시 잡지 『Mouse』의 편집자 란티엔 세 사람이 이 시를 영어로 공동 번역하여 『Mouse』에 실었는데, 세번째 연이 다음과 같이 번역되었습니다.

I point to the waves billowing in the distance
I want to be the sea that holds the sun in its palm

Take hold of the beautiful warm pen of the dawn

And write with a child-like hand: Believe in the Future.

중국어 원문은 다음과 같습니다.

我要用手指那涌向天边的排浪，

我要用手掌那托起太阳的大海，

摇曳著曙光那支温暖漂亮的笔杆，

用孩子的笔体写下 : 相信未来。

중국어 원문은 '손가락手指'과 '저 하늘가로 치솟는 물결那涌向天边的排浪'이 동격이고, '나는 사용하련다我要用'의 목적어가 됩니다. 다음 행의 '손바닥手掌'도 '바다大海'와 동격으로 '사용하련다'의 목적어입니다. 세번째 행에서도 '새벽빛曙光'과 '저 따스하고 예쁜 붓대那支温暖漂亮的笔杆'가 동격으로 '흔들어摇曳著'의 목적어가 됩니다. 그러니까 물결-손가락으로 새벽빛-붓대를 잡아 바다-손바닥 위에 글자를 쓴다는 비유인 것입니다. 의역은 얼마든지 할 수 있지만 뼈대가 되는 의미가 바뀌면 안 되겠죠. 이 영어 번역은 저로서는 납득이 되지 않습니다. '손으로用手' '물결'을 '가리킨다指'로 파악한 것 같고, '손바닥으로用手掌' '태양을 받치는托起太阳的' '바다'가 '나는 되고 싶다我要'로 파악한 것 같습니다. 동격 관계를 못 보았기 때문에 억지 구문 파악이 나왔다고 생각합니다. 이것은 로버트 베롤드의 잘못이 아니라 중국어가 모국어인 다른 두 공역자의 잘못입니다.

영어 번역은 시제를 미래로 보았는데, 제 생각으로는 현재로 보는 게 좋을 것 같습니다. 처음 두 연은 부정적인 상황 속에서 꿋꿋이 글자를 쓰고 있는 현재의 모습이고, 세번째 연은 그 쓰는 행위가 상상 속에서 찬란하게 빛나는 모습으로서 의지의 표명입니다. "相信未來"도 지금 저는 '(나는) 미래를 믿는다'로 파악했지만 '미래를 믿어라'나 '미래를 믿자'라는 명령문으로 파악할 수도 있습니다. 하지만 제게는 아직은 독백이라고 느껴집니다. 남에게 명령하는 것은 물론이고 스스로에게 명령하는 것도 어조가 너무 강하지 않을까요? 혼자 다짐하는 편이 오히려 더 절실한 느낌이 드는 것 같습니다.

내가 미래를 굳게 믿는 이유,
내가 믿는 것은 미래인들의 눈—
그녀에겐 역사의 풍진을 떨쳐내는 눈썹이 있네,
그녀에겐 세월의 페이지를 뚫어 보는 눈동자가 있네.

상관없네 사람들이 우리의 부패한 육체,
그 길 잃은 슬픔, 실패의 고통에 대해,
감동의 뜨거운 눈물, 깊은 동정을 주든,
경멸의 미소, 신랄한 비웃음을 주든.

> 나는 굳게 믿네 사람들이 우리의 척추,
> 그 무수한 탐색, 길 잃기, 실패와 성공에 대해,
> 열정적이고, 객관적이고, 공정한 평정을 할 것임을,
> 그렇다, 나는 그들의 평정을 초조하게 기다린다.

　네번째 연은 믿음의 이유를 밝힙니다. 미래인들의 눈이 정확하리라 믿기 때문입니다. 거짓을 간파하고 진실을 알아보는 눈인 것입니다(세번째, 네번째 행의 '그녀'는 원문의 삼인칭 여성 대명사 '她'를 직역한 것입니다. '눈'을 가리키는 것이므로 '그 눈'이라고 의역할 수도 있겠습니다). 다섯번째 연의 "사람들"은 현재인들입니다. 그들은 눈물과 동정을 주지 않고 경멸과 비웃음을 주겠죠. 진실을 알아보지 못할 뿐만 아니라, 아마도 거짓의 편에 섰을 것입니다. 여섯번째 연의 "사람들"은 미래인들입니다. 미래인들의 공정한 평정을 '나'는 믿습니다.

> 친구여, 미래를 굳게 믿자,
> 불요불굴의 노력을 믿자,
> 죽음을 이겨내는 젊음을 믿자,
> 미래를 믿자, 생명을 사랑하자.

　미래인들의 눈이라는 믿음의 근거를 확인한 뒤, 시의 화자

는 비로소 독백을 벗어나 타인에게 말을 건넨다,라고 저는 읽습니다. 그렇게 보면 이제 "相信未來"는 '미래를 믿는다'라는 독백의 말이 아니라 '미래를 믿자'라는 청유의 말이 되고, 이 시의 핵심은 독백의 말이 청유의 말로 바뀌는 데 있다고 말할 수 있게 됩니다. 그렇다면 제목의 "相信未來"는 어떻게 번역하는 게 좋을까요? 미리부터 답을 주는 것은 극적 효과나 긴장감 조성에 저애된다고 생각하기 때문에 저는 제목을 '미래를 믿는다'로 옮깁니다.

냉정하게 본다면 이 시는 처음 세 연의 시어들이 반짝이는데 반해 그다음 세 연이 관념적 진술로 일관하여 좋은 시라고 평가하기가 어려울 것 같습니다. 그런데 마지막 연에서 나타나는 독백에서 청유로의 도약이 그 약점을 상당 정도 보완해주고, 이 시의 창작 배경이라는 맥락 속에서 다시 읽을 때 그 관념적 진술들이 갑자기 긴장된 언어로 되살아납니다. 흔치 않은 일입니다.

이 시를 쓴 시인은 1948년생으로 1966년 문화대혁명 때 18세였습니다. 본명은 궈루성이고 스즈라는 필명은 1978년부터 사용했습니다. 1968년에서 1969년에 걸쳐 홍위병이 해산되고 하방될 때 스즈도 하방되었습니다. 하방된 청년들(지식청년, 줄여서 지청이라고 불렀습니다) 중 시를 쓰는 사람이 적지 않았고 그들 사이에 교류도 제법 있었습니다(이것을 지하문학地下文學이라고 부릅니다). 1968년에 20세 청년 스즈가 쓴 시「미래를 믿는다」는 필사본으로 널리 유포되어 지식청년들 사이에 가장 유명한 시가 되었고, 스즈-궈루성에게 '지청의 시혼詩魂'이라는 칭호를 안겨주었습니다. 이 시는 형식상으로는 한 연이 네 행으로 구성되는 구조와 각 행에 반복되는 일정한 리듬이 기본적으로 전통적이지만, 내용상으로는 비유와 감각과 사유가 다 새롭고, 그리하여 그 형식과 내용이 결합하여 빚어낸 형태는 새롭습니다. 그를 구시대의 마지막 시인이자 신시대의 첫 시인이라고 부르는 것은 일리가 있는 것 같습니다.

홍위병 시절과 하방 시절 사이의 날카로운 단절은 이들 청년 세대에게 큰 충격을 주고 큰 변화를 초래했습니다. 혁명의 실천, 이상理想의 추구가 하루아침에 배반과 좌절로 바뀌었고, 상실감과 비애 속에서 이들은 새로운 각성을 하게 되었던 것입니다. 개인의 발견이 새로운 각성의 중요 요소가 되고, 이상은 새로운 모습으로 조정되었습니다. 이러한 정신적 변화가 스즈에 의해 비장한 시적 표현을 얻었으니 '지청의 시혼'이라는 칭호가 결코 과장이 아니라 하겠습니다. 현재를 부정하고 미래를 긍정하는 태도는 사실 동서고금을 막론하고 예전부터 수없이 반복되어온 것이어서 조금도 새로울 것이 없습니다. 그러나 사회주의 중국의 시작 이후 중국에는 그러한 태도가 사라졌습니다. 현재가 이상적인 것에 속하는데 어떻게 그것을 부정하겠습니까? 현재가 부족하더라도 그것은 이상의 실현 과정 속에 있는 긍정적인 것이고 미래의 실현까지 하나로 이어지는 정체적整體的인 것이므로 현재를 부정하는 것은 금지됩니다. 스즈의 이 시가 표명한 현재의 부정과 미래의 긍정은 사회주의 중국에서 성장한 세대에게는 아주 새로운 것이었고 청년들에게 폭발적인 공감을 불러일으켰습니다.

　스즈-궈루성은 1971년에 군에 입대합니다. 1973년 2월에 제대하고 조현병 확진을 받습니다. 1975년에 병이 호전된 뒤 결혼하지만 7년 만에 이혼했고, 병이 다시 심해져서 병원 치료를 받게 됩니다. 1990년에는 정신병 복지시설福利院로 들어가 12년을 보냅니다. 이 기간 중에 새로운 반려를 만났고, 2001년에는 인민문학상(시 부문)을 고 하이즈 시인과 함께 수상했습니다. 2002년에 복지시설을 나와 부인과 함께 집으로 돌아갔습니다. 기나긴 고난과 투병의 시간 동안, 병이 심해졌을 때 이외에는, 그의 시인으로서의 활동은 중단된 적이 없습니다. 시는 그의 삶 자체인 것 같습니다. 아래 링크는 2019년에 시인이 자신의 시 「미래를 믿는다」를 낭송하는 동영상입니다.

스즈,
「미래를 믿는다」

자유의 사수가 보내는 암호

베이다오北島(1)
(1949~)

베이다오는 1978년, 이제는 전설이 된 잡지『오늘今天』의 창간호에 시를 발표한 이래 새 시대의 새로운 중국 시를 대표하는 시인으로 첫손에 꼽혀왔습니다. 시인에 관해서는 시를 읽어가면서 필요한 사항들을 조금씩 소개하기로 하고 먼저 시를 읽도록 하겠습니다. "다른 한 사람另一個"이라는 제목의 이 시는 1993~1994년에 씌어진 것으로 추정됩니다.

바둑 솜씨 평범한 이 하늘에서
변하는 바다 색깔을 바라봅니다
계단이 거울 속으로 깊이 들어가고
맹인학교의 손가락은
새가 사라진 자리를 더듬네요

첫 행의 원문은 "這棋藝平凡的天空"입니다. 중국어로는 이대로 아무 문제가 없지만 우리말로 옮기려는 순간 선택의 문제가 발생합니다. "棋"는 바둑인가, 장기인가. '하늘'은 주어인가, 장소인가. 저는 바둑을 선택했고, '하늘'은 장소로 파악했습니다. 조사를 생략하고 "바둑 솜씨 평범한 이 하늘"이라고만 쓰고서 함축적인 표현이라고 주장해도 되기는 하겠죠. 하지만 중국어 원문에서는 생략된 글자가 없습니다. 하늘이 바라보는 걸까요, 시인이 바라보는 걸까요? 시인이 바라보는 거라면 그는 어떻게 하늘에서 볼 수 있을까요? 상상이나 꿈속에서? 사진이나 영상으로?

한 중국 시인이 저에게 의견을 제시해주었습니다. '성라기포星羅棋布'라는 말이 있는데 하늘에 별이 가득한 모습을 형용하는 것으로 물건이 많이 벌여 있음을 비유적으로 표현할 때 사용한다, 그러니까 바둑 솜씨 평범한 하늘은 별이 별로 없는, 활기를 잃은 하늘이고, 색이 변한 바다 역시 생기 없는 바다이며, 시인이 그런 하늘과 바다를 바라보는 것이다,라고요. 또, 계단이 뻗어가는 거울 속은 죽음의 세계이고, 맹인이 새를 더듬는 것은 희망 없는 암흑 속에서 자유를 찾는 것이다,라고요. 일리가 있다고 생각하고 상당 정도 공감이 갑니다. 그런데 첫 행을 두번째 행에 나오는 동사 '바라보다'의 목적어로 파악하는 게 적절한지가 마음에 걸리고, 또 하늘과 바다를 바라보는 얘기를 하는 도중에 왜 갑자기 거울 속으로 들어가는 계단과 맹인학교의 손가락이 등장하는

지 이해가 안 됩니다.

제가 예전에 스승에게서 배운 시 읽는 방법은 시인의 진술이 현실적으로(물론 꿈이나 환상까지 포함해서) 성립되는 상황을 상상해보는 것입니다. 이리저리 상상하다 보면 갑자기 눈이 트입니다. 만약 시인이 비행기에서(즉, '하늘'에서) 창으로 바깥을 내다보고 있는 상황이라면? 실제로 비행기 창문으로 바라보면 환상적인 모습이 펼쳐지기도 합니다. 구름 위를 비행할 때에는 아래로 보이는 구름의 모습이 바둑판을 연상시킬 수도 있겠습니다. 바다나 지상이 선명하게 보일 때에도 우리의 시각은 종종 놀라운 경험을 합니다. 저는 시베리아 벌판을 내려다볼 때 그런 경험을 한 적이 있습니다.

창밖을 내다보던 시인에게 바다가 하나의 거울로 느껴지고, 그 거울 속으로 시인의 상상의 시선이, 마치 계단이 뻗어 내려가듯 깊숙이 들어갑니다. 이 들어감은 과거의 회상이거나 내면이나 비밀에의 탐색일 수 있습니다. 그 시선에 맹인이 손가락으로 점자책을 더듬는 모습이 떠오릅니다. 지금 자신이 바다(=거울)를 들여다보는 것은 맹인이 새가 날아가버린 자리를 더듬는 것과 같다는 느낌이 문득 드는 것이죠. 꼭 이렇게만 읽어야 하는 것은 아니지만 이렇게 읽으면 일단 많은 설명이 됩니다. 일종의 설정인 것인데, 이 설정이 다음 연에서도 계속 유효할 수 있을지 살펴봅시다.

겨울 동안 방치된 이 탁자에서
깜박이는 등불을 바라봅니다
기억이 몇 차례 과거를 돌아보고
자유의 사수들은 타향에서
역사의 바람 소리를 듣네요

이제는 시인이 방 안에 있습니다. 탁자 앞에 앉아 등불을 바라봅니다. 등불을 바라보는 것 역시 바다를 바라보는 것과 마찬가지로 회상이거나 탐색일 수 있습니다. 세번째 행에서 기억이라는 말이 나오는 걸 보면 회상일 가능성이 크겠습니다. 등불을 보며 회상하니, "자유의 사수들"이 생각납니다. 그들은 타향에 있고, "역사의 바람 소리"에 귀 기울이고 있습니다.

1949년생인 베이다오가 1989년의 천안문사태를 계기로 해외에 망명하게 되었다는 사실, 망명 생활 중에는 세계 여러 곳에서 초청받아 강연 등의 활동을 했다는 사실에 비추어 보면, 시인이 한동안의 여행을 끝내고 비행기를 타고 돌아와 자신의 방 탁자 앞에 앉아 시를 쓰는 모습을 떠올릴 수 있습니다. 그러면 첫 연과 둘째 연의 상황이 다 설명됩니다. 먼저 비행기에서 보고 느낀 것에 대해 쓴 뒤, 그다음엔 등불을 바라보며 생각에 잠기는 것이죠. 자유의 사수들은 해외에 망명하여 중국을 떠난 사람들인 것이고, 시인은 방금 다녀온 여행에서도 그들을 만났을 것입니다.

역사의 바람 소리는 무엇일까요? 제 후배 학자 한 분이 활쏘기는 바람과 밀접한 관계가 있으므로 자유의 사수가 역사의 바람 소리에 귀 기울이는 것은 자연스러운 일이 아니겠느냐고 말해주었습니다. 그 말에 공감이 갑니다. 그 바람은 과거나 미래로부터 불어오는 것일 수도, 지금 부는 것일 수도 있겠습니다. 자유의 사수와 첫 연의 맹인이, 그리고 바람 소리를 듣는 것과 새의 자취를 더듬는 것이 상응합니다. 첫 연과 둘째 연은 대對를 이룹니다.

> 벌써 이름을 감춰버린 사람들
> 혹시 우리가 가둔 거 아닐까요
> 지평선 아래로
> 우리 중 다른 한 사람
> 갑자기 목 놓아 웁니다

마지막 연입니다. 자유의 사수들 중 일부의 사람들은 더 이상 자유의 사수이기를 그만두고 익명으로 돌아갔습니다. 그들은 왜 그랬을까? 혹시 '우리' 탓이 아닐까? '우리의' 무력함, 무관심 혹은 비겁함 등등이 그들을 지평선 아래로 가두어버린 것 아닐까? 시인은 이렇게 반성해봅니다. 반성 도중에 갑자기 울음소리가 들립니다. '우리' 중 한 사람이 우는 것입니다. 우는 사람은 누구일까요? 시인이 환청을 들은 것일까요? 시인 자신이 울고 있고, 그걸 뒤늦게 인지한 것, 다시 말해 '갑자기 울음소리가 들렸다, 알고 보니 그것은 바로 나 자신의 울음 소리였다'라는 상황이 아닐까요?

　사람들은 베이다오의 시를 몹시 난해하다고 느낍니다. 그 주된 이유는 베이다오 시의 메타포가 갖는 특성에 있는 것 같습니다. 가령, '바다는 거울 같다' 라는 직유simile에서나 '바다는 거울이다'라는 은유metaphor에서 '바다'는 원관념the tenor이고 '거울'은 보조관념the vehicle인데, 베이다오는 보조관념만을 제시하여 외견상 상징이나 알레고리에 가까워지는 경우가 많습니다. 이 시에서도 '계단이 거울 속으로 들어간다'라고 했을 뿐, '바다는 거울이다, 계단이 거울 속으로 들어간다'라거나 '거울 같은 바닷속으로 계단이 들어간다'라는 식으로는 쓰지 않았습니다. 독자가 앞 행의 '색깔이 변하는 바다'와 연결시키지 않거나 못하면 이 메타포의 원관념은 인지되지 못하는 것입니다.

　그 원관념을 포착하는 일. 그것은 암호를 푸는 일과도 같아서, 적절하게 실마리를 잡게 되면 그다음은 어렵지 않게 풀릴 수 있습니다. 방금 우리는 「다른 한 사람」을 그런 방식으로 읽어본 것입니다. 물론 실마리를 잘못 잡으면 엉뚱한 결과가 될 수도 있습니다. 1979~1980년 당시에 난해하다는 뜻의 몽롱시라는 말을 나오게 한 대표적 시인들 중 하나로서 그때도 이미 난해했지만, 가면 갈수록, 초현실주의적 성격이 더욱 짙어지고, 비유의 원관념과 보조관념 사이 거리가 더 멀어지고, 유사성이 아니라 인접성에 근거한 환유가 차츰 많이 사용되면서 베이다오의 시는 더욱더 난해해졌습니다. 하지만 「다른 한 사람」에서 보았듯이 암호의 실마리만 잘 포착하면 그 난해함 속에 담긴 것은 뜻밖의 명징함일 수도 있습니다. 베이다오의 시는 난해하기 때문에 오히려 독자에게 해석의 즐거움을 선사해주기도 합니다.

2005년에 베이다오가 한국을 방문했을 때 저는 그와 대담을 한 적이 있습니다. 그 대담에서 "중국을 떠나 망명 생활을 한 지 15년이나 됐는데 그것이 시의 스타일에도 변화를 가져왔나"라는 제 질문에 대해 답하면서 베이다오는 "외국 생활을 하면서 모국어에 더욱 가까워졌다. 모국어는 작가에게 숙명적인 것이며 시인의 생명과도 같다. 나는 내 모국어에 대한 집착을 통해 순수 중국어를 회복하려 노력하고 있다"라는 의미심장한 발언을 하였습니다. 이 가까워짐은 낯설어지기를 동반하고 있는 것 아닐까요? 습관화되고 자동화된 것이 아니라 낯설게 보고 낯설게 느끼는 것, 그래서 오히려 더 자세히 보고 더 깊이 느끼며 더 가까워지는 것! 모국어가 아닌 중국어로 된 시를 들여다보는 저에게도 무척 공감이 가는 이야기였습니다.

중국 안의 독자들은 베이다오의 망명 이전 시에 주목하고, 중국 밖의 독자들은 망명 이후 시에 더 주목하는 경향이 있는 것 같습니다. 그러나 망명 이전과 이후에 무슨 차이가 있을까요? 차이가 있기는 합니다. 하지만 그 차이보다 훨씬 더 큰 동일성이 관류하고 있고 이 동일성에 베이다오 시의 핵심이 숨어 있다고 저는 생각합니다.

현재를 믿지 않는 자의 밤하늘

베이다오(2)

20세기 후반의 중국 시에서 가장 유명한 시로 선정될 확률이
제일 높은 시는 베이다오의 「회답回答」이라고 생각합니다. 1976년
의 4·5천안문사건 때 천안문광장에 나붙은 수많은 시 중 하나였
던 이 작품은 1978년 12월 23일 창간된 잡지 『오늘今天』에 발표
되어 베이징 시단 '민주의 벽'에 낱장의 대자보 형식으로 게시되
었고, 1989년 6·4천안문사건 때 군중에 의해 낭송된 이후 중국에
서뿐만 아니라 세계적으로도 유명해졌습니다. 시인 자신은 당시
해외 체류 중이었고 그 길로 중국에 돌아오지 못하고 망명의 길
을 걷게 됩니다. 그 이력만 보아도 이 시의 강한 정치적 맥락을
짐작할 수 있습니다. 이 유명한 시는 다음과 같이 시작합니다.

　비열은 비열한 자의 통행증,

고상은 고상한 자의 묘비명.

보아라, 저 도금한 하늘에,

죽은 자의 굽은 그림자倒影 가득히 나부낀다.

비열한 자는 비열하기 때문에 마음대로 다니고 있고, 고상한 자는 고상했기 때문에 죽어 땅에 묻혔습니다. 가치가 전도된 세상입니다. 하늘은 "도금한 하늘"입니다. '도금'은 여러 가지 의미를 가질 수 있는 말이지만, 여기서는 '본래 모습을 감추고(위장) 가짜 모습을 꾸미는(가장)' '허위의'라는 뜻으로 읽힙니다. 무슨 색으로 도금했는지는 아직 모르지만, "도금한 하늘"에 "죽은 자의 굽은 그림자"가 가득합니다. 뭔가 비현실적이고 몽환적인, 불길하고 무서운 장면입니다. 그림자는 무엇일까요? 중국어의 '倒影'은 빛이 차단된 검은 그림자를 뜻하기도 하고 물에 비친 그림자(거울에 반사된 이미지)를 뜻하기도 합니다. 관찰자가 물체의 물에 비친 그림자를 반대편에서 바라보면 거꾸로 선 모습으로 보이기 때문에 '倒影'인 것인데, 이 시에서는 하늘이 물이나 마찬가지여서 그림자는 하늘에 비친 그림자입니다. 지금은 낮인가요, 밤인가요? 마지막 연을 보면 밤이지만, 시 속에 시간의 흐름이 있는 것인지 없는 것인지 불분명합니다. 없다면 첫 연도 당연히 밤이겠고, 있다면 낮일 수도 황혼일 수도 있습니다. 하여간 하늘에 가득한 저 굽은 그림자들은 죽은 자의 그림자입니다. 마지막 연을 보고 다시 생각해봅시다.

빙하기가 지났는데,

왜 도처가 다 얼음인 거야?

희망봉이 발견됐는데,

왜 죽음의 바다에서 저 많은 배가 앞을 다투는 거야?

이 세계에 내가 올 때에,

종이, 밧줄 그리고 그림자만 가져왔네,

심판에 앞서서,

판결의 소리 낭독하기 위해서:

너에게 말한다, 세계여,

나는 — 믿지 — 않아!

너의 발 아래 천 명의 도전자가 있다 해도,

나를 천한번째라고 생각해라.

두번째 연은 불합리하거나 부조리한 상황, 다시 말해 다음
연에 나오는 "세계"의 불합리함과 부조리함을 비유한 것이겠죠.*

* 원문 "死海"를 이스라엘-요르단 소재 호수 이름으로 봐야 할까요? 시인의 의도
는 고유명사 '사해'였으리라 짐작되지만, 그럼에도 불구하고 저는 '죽음의 바다'
라고 옮겼습니다. 사해(호수)와 희망봉(아프리카 남단의 바다) 사이의 대비가 너
무 어색하게 느껴지기 때문입니다.

세번째 연에서 원문 "在審判之前"이 장소가 아니라 시간이라면, 심판에 앞서서 판결의 소리를 낭독한다는 것은 심판이 미래의 일이고, 그래서 지금 자신은 먼저 판결의 내용을 예언자 또는 선지자의 목소리로 선언한다는 뜻이 됩니다. 이 선언을 위해 이 세계에 온 것인데, 낭독하고자 하는 판결의 소리가 바로 네번째 연의 "나는—믿지—않아!"입니다. 그러니까 이 심판과 판결은 불합리하고 부조리한 '세계'를 대상으로 한 것입니다. 수많은 사람이 '세계'에 이미 패배했지만 '나'는 패배를 감수하고 '세계'에 도전하려 합니다. '나'의 도전의 방식은 '부정'입니다. 그래서 다음 연에서 보듯, '세계'가 강요하거나 현혹하는 거짓을 '나'는 부정합니다.

    난 안 믿어 하늘이 파랗다니,
    난 안 믿어 천둥의 메아리를;
    난 안 믿어 꿈이 가짜라니,
    난 안 믿어 죽음에 응보가 없다는 걸.

    하늘은 파랗지 않을 수도 있고('해방구의 하늘은 파랗다'라는 말이 있었음), 천둥의 메아리는 천둥 자신이 아니고(군중집회의 박수 소리를 흔히 '우레와 같다'고 비유했음), 꿈이 진짜일 수도 있고(꿈은 거짓이라고 억압받았음), 죽음에 응보가 있어야 한다(대가 없는 억울한 죽음이 당연시되었음)는 겁니다. 네 번 되풀이되는 부정이 화자의 정서를 고양합니다.

142

만약에 바다가 제방을 터뜨리게 되어 있다면,

모든 쓴 물을 내 가슴속에 쏟아부어라;

만약에 육지가 상승하게 되어 있다면,

인류에게 생존의 봉우리를 다시 선택게 해라.

'나'의 비극적 정서가 벅차오릅니다. 그래서 바다가 제방을 터뜨리고 육지를 휩쓸게 되면 그 물을 자기 가슴속에 쏟아부으라고 순교자의 말투로 외칩니다. 그런데, 육지가 상승한다는 것이 무엇일까요? 생존의 봉우리라는 말이 저에게 불러일으킨 연상은 노아의방주, 즉 대홍수, 바다가 흘러넘쳐 육지로 차오르는 모습이었습니다. 그러면 물에 잠겨 죽지 않기 위해, 생존을 위해 더 높은 봉우리를 찾아가야 하겠죠. 이런 뜻이 되려면 셋째 행의 원문 "如果陸地注定要上昇"을 '만약에 (바다가) 육지로 상승하게 되어 있다면'이라고 읽어야 합니다. 그렇지 않고 육지가 상승하는 것이라면, 기왕의 육지가 전체적으로 상승하는 것, 여기저기가 부분적으로 불쑥불쑥 솟아오르는 것, 그리고 바닷속에서 새로운 육지가 솟아오르는 것 등을 생각해볼 수 있습니다. 앞 두 행과 세미콜론으로 연결된 것을 고려하면, 바다가 제방을 터뜨리는 것이나 육지가 상승하는 것(혹은 육지로 바다가 상승하는 것)이나 다 부정적인 현상입니다. 세계의 부정성이 극대화되는 상태라는 의미를 내포하는 것 같습니다. 일단 '만약에 육지가 상승하게 되어 있다면'이라고 번역하고 해석의 특정화는 보류하겠습니다. 분명한 것은 이 연의 이미지가 종말론적 색채를 띠고 있다는 점입니다. 이 세계의 부정성이 극도에 달해 이제 종말이 머지않았는데, 종말 이후에는 새로운 창조가, 신생이 옵니다. 이제 인류는 생존의 봉우리를 다시 선택해야 합니다. 그런데 종말과 신생에 대한 이상의 진술은 "만약에"라는 가정 위에서 나온 것입니다. 미래도 아니고 가정입니다. 그래서 묵시록적이면서도 묵시록으로 나아가지는 않습니다. 마지막 행에서 예언자의 말투로 외친 '나'는 다음 연으로 넘어가면서 현재로 돌아옵니다.

> 새로운 전기轉機와 반짝이는 별들
> 탁 트인 하늘을 가득히 장식했군,
> 저것은 5천 년의 상형문자,
> 저것은 미래인들의 응시하는 눈.

마지막 연의 시간은 명백히 밤입니다. 별들이 하늘(도금한 하늘이 아니라 탁 트인 하늘입니다)에 가득합니다. 그것은 과거 쪽으로 연결 지으면 고대 이래의 어떤 비밀을 지닌 상형문자이고, 미래 쪽으로 연결 지으면 미래인들의 눈입니다. 이 눈이 하늘에 가득 떠서 '나'를 바라봅니다. 이 눈은 무서운 감시의 눈이 아닙니다. '나'를 북돋우고 '나'에게 믿음을 주는 눈입니다. 첫번째 연의 "그림자"는 "죽은 자"의 그림자였습니다. "죽은 자"는 과거의 존재, 즉 과거인인 것이고 미래인과는 분명히 별개의 존재입니다. 그렇다면 첫번째 연의 시간은 밤이 아니라 그 이전, 즉 황혼이나 대낮일까요? "도금한 하늘"이라는 말에서 착안할 수도 있습니다. 도금은 재료에 따라 색깔이 달라지죠. 중간에 나오는 "난 안 믿어 하늘이 파랗다니"라는 구절을 감안하면 파란색, 즉 크롬도금의 푸른색을 띤 은백색일 수도 있겠는데 그렇다면 대낮의 시간이 되겠고, 가장 많이 사용되는 금색 도금의 동·주석·아연 3원 합금의 경우 배합 비율에 따라 백색에서 황금색까지 다양하게 변한다고 하는데 대부분은 기본적으로 노란색을 띠므로 그렇다면 황혼의 시간이 되겠습니다. 대낮 혹은 황혼의 시간에 하늘에 나부끼는 "굽은 그림자"는 무엇일까요? 베이다오의 중영 대조 시집 『회답』 표지 그림에 그려진 것은 떼 지어 날고 있는 하얀 새입니다. 이 그림을 사용하는 것에 대해 시인은 모르고 있었다고 하니, 편집자의 솜씨인 것 같고, 그렇다면 편집자의 감각이 나름 좋은 것 같습니다. 그렇습니다, "굽은 그림자"는 새 떼일 수도 있겠습니다. 이 새들은 '죽은 자'의 그림자(반영)입니다. 이미 죽은 자들의 원혼일까요? 예컨대 문혁 때 억울하게 죽은 무수한 사람들이라든지…… 분명한 것은 불합리하고 부조리한 세계에 대한 부정을 현재의 '나'가 굳세게 수행하고 있다는 것, 그 부정이 진행되는 동안 첫 연의 도금의 시간(대낮이거나 황혼인)이 마지막 연의 밤의 시간으로 바뀐다는 것, 그리고 죽은 자들의 그림자가 나부끼는 불길하고 무서운 정황이 미래인들의 격려라는 희망적 정황으로 바뀐다는 것입니다.

　"미래인들의 응시하는 눈"을 우리는 이미 본 적이 있습니다. 스즈의 「미래를 믿는다」에 나온 "미래인들의 눈", 진실을 꿰뚫어 보는 눈이 바로 그것입니다. 이 겹침은 스즈의 영향이고 베이다오의 수용임이 분명합니다. 네 행 한 연을 단위로 한 구성 방식도 유사합니다(베이다오의 리듬에 변화가 좀더 많아졌지만). 흥미로운 것은 두 시인의 말하는 방식이 정반대라는 점입니다. 스즈는 '믿는다'고 말하고 베이다오는 '믿지 않는다'고 말합니다. 하지만 내용은 똑같습니다. 둘 다 현재를 안 믿고 미래를 믿는 것이니까요. 그래도 "미래를 믿는다"고 말하는 것과 "현재를 믿지 않는다"고 말하는 것 사이 뉘앙스의 차이가 크다고 하지 않을 수 없습니다. 부정의 의지가 베이다오에 와서 훨씬 커진 것으로 보는 게 온당할 것 같습니다. 스즈가 바다를 바라보는 곳에서 베이다오는 하늘을 바라보는 것도 흥미로운 대조를 이룹니다. 스즈의 시간이 새벽인 데 비해 베이다오의 시간은 밤인 것도 대조적입니다. "미래인들의 눈"이라는 이미지를 공유하면서 두 사람은 저마다의 개성적인 시 세계를 만들어냈습니다. "미래인들의 눈"은 스즈의 바다에서 베이다오의 하늘로 올라간 뒤 그들의 후배 시인들에게 계승되어 다양한 변주를 이룹니다. 멋진 선후배들입니다.

지상이 떠오르는 순간

베이다오(3)

베이다오의 시를 읽는 것으로는 이번이 세번째가 됩니다. 「검은색 지도黑色地圖」는 2001년 12월 병세가 위중한 아버지를 만나기 위해 중국 정부로부터 1개월 체류 조건으로 입국을 허가받은 망명 시인 베이다오가 당시의 입국 장면을 제재로 쓴 시입니다. 베이다오의 시 중에서 가장 난해한 시를 꼽는다면 이 작품이 반드시 들어갈 것 같습니다. 어떻게 해석하느냐에 따라 한글 번역에서는 시제가 달라져야 하는 난점이 있습니다. 할 수 없이 제가 선택한 해석에 따라 번역을 한 뒤에 해석 문제를 다시 검토하도록 하겠습니다.

    갈까마귀들이 마침내 만들어냈다
    밤을: 검은색 지도를

나는 돌아왔다 ── 귀로는

언제나 잃어버린 길보다 길다

일생보다 길다

겨울의 마음을 품었다

광천수와 환약이

밤의 담론이 될 때

기억이 미친 듯이 짖고

무지개가 암시장에 출몰할 때

　　두번째 연부터 먼저 보겠습니다. 2006년에 "영혼의 귀향"이
라는 제목으로 이 시의 해설(잡지 『오늘』의 인터넷판에 발표)을 쓴
시인 장치는 이미지가 밀집된 두번째 연이 가장 난해한 것 같다
고 말했습니다. 그는 "겨울의 마음"을 '시인의 마음에 의심과 두
려움이 있다'는 뜻으로 보고, 그 의심과 두려움의 이유를 두번째
행과 세번째 행에서 찾습니다. "왜냐하면 한 손에는 광천수, 다른
한 손에는 꿀로 만든 독약이다,라고 검은색 밤이 ('나'에게) 말하
기 때문"이라는 것입니다. '환약蜜制藥丸'이 '독약'으로 바뀐 것도
이상하지만, 저와는 접근 방식 자체가 다른 것 같습니다. 저는 이
것이 비행기 안에서 광천수와 환약(평소에 챙겨 먹는 소화제 같은
한약 환 종류겠죠, 독약이 아니라)을 먹고 잠을 청하는 모습을 그
린 것이라고 봅니다. 하지만 잠이 잘 안 옵니다. 온갖 상념이 떠

오릅니다. 마치 밤이 내게 말을 걸기라도 하는 것처럼. 기억이 미친 듯이 짖습니다. 겨우 잠이 들면 꿈을 꿉니다. 무지개가 암시장에 출몰하는 악몽을. 그 이유는 물론 이 여행에서 마주할 일들이 걱정되고 불안하기 때문이겠지요. 첫 행의 "겨울의 마음冬天的心"은 월리스 스티븐스 시 「눈사람」의 "One must have a mind of winter"라는 구절과 관계가 있을 것 같습니다. 스티븐스 시의 경우, 보는 자의 주관적 시선을 벗어나서 겨울의 마음을 가져야 겨울 풍경의 진실을 볼 수 있다,라고 거칠게 요약해도 될까요? 온갖 상념이 떠오르고 악몽이 괴롭힐 때 '나'는 "겨울의 마음"을 가지려 합니다, 혹은 품으려 합니다(베이다오는 "帶上"이라는 동사를 사용했습니다).

베이다오는 1998년 한 인터뷰에서 "나는 내 시의 정확한 의미를 모른다"라고 말한 적이 있습니다. 저는 이 발언 중 '의미 meaning'라는 말에 주목합니다. '겨울의 마음' '광천수' '환약' '미친 듯이 짖는 기억' '암시장에 출몰하는 무지개', 이런 것들이 정확하게 무슨 '의미'인지를 모른다는 뜻입니다. 하지만 비행기 안에서 광천수와 환약을 먹고, 잠을 청하지만 온갖 기억이 떠오르고, 잠이 들면 무지개의 악몽을 꾸는 것은 시인의 '의도intention'에 속하는 것이어서 시인이 모르지 않습니다. 우리는 그 '의미'에 대한 해석 이전에 '의도'에 대한 파악을 먼저 해야 합니다. 그런 뒤에야 비로소 해석이 가능해집니다. 자의적인 해석이 선행되어서 '의도'를 오해하는 결과가 되는 것은 좋지 않은 읽기입니다.

제가 궁금한 것은 이것의 시제가 과거이냐 현재이냐입니다. 첫 연의 셋째 행에서 "나는 돌아왔다"라고 말하는 그 시간은 언제이며 이것과 두번째 연의 시간 사이의 선후 관계는 어떻게 되는 걸까요? 첫 연의 셋째 행이 만약 미국에서 비행기가 출발할 때라면 '나는 돌아간다'라고 번역해야 할 것이고 두번째 연도 계속해서 현재로 해야 할 것입니다. 시간의 흐름에 따라 묘사가 이루어지는 게 되겠죠. 하지만 그것이 만약 북경 공항에 도착하기 직전이라면 '나는 돌아왔다'가 되어야겠고, 두번째 연은 그보다 이전의 일이므로 당연히 과거로 번역되어야 합니다. 저는 망설임 끝에 과거를 택했습니다. 그래놓고 이제 처음 두 행으로 돌아가겠습니다. 검은색 갈까마귀들이 모여서 검은색 밤을 이루려면 얼마나 많은 갈까마귀가 있어야 할까요? 간절한 마음의 비유겠지요. 그 밤은 곧 검은색 지도입니다. '나'가 탄 비행기가 북경에 접근하고 있는 지금 이 시간은 밤입니다. 밤이라도 비행이 가능한 것처럼 검은색이라도 지도는 지도입니다. '나'에게는 밝은 낮과 정상적인 지도가 허용되지 않습니다. 그래도 가야 합니다. 그런 '나'에게 어렵사리 주어진 것이 밤이고 검은색 지도인 것입니다. '나'는 밤과 검은색 지도에 의지하여 가야 할 곳에 가는 것입니다. 그렇게 가는 길이 잃어버린 길보다도, 일생보다도 길게 느껴지는 것은 심리적 진실입니다.

　　아버지의 생명의 불은 콩알 같다

나는 그의 메아리

약속 장소로 가기 위해 길모퉁이를 돌았다

옛 애인은 바람 속에 숨었다

편지와 함께 맴돌며

저는 이 세번째 연이 가장 어렵게 느껴졌습니다. 아버지는 생명이 위태롭고, '나'는 그의 아들입니다. 원래 소리의 메아리처럼(메아리는 베이다오가 무척 자주 사용하는 말입니다). 그런데 그 다음 세 행이 문제입니다. 약속은 누가 누구와 한 무슨 약속인가? 길모퉁이를 돈다는 건 무엇인가? 바람 속에 숨고 편지와 함께 맴도는 것이 비유임은 짐작이 가는데, 그 짐작 이전에 "옛 애인情人"은 누구인가? 또 이 일은 언제의 일인가? 저는 전혀 감이 잡히지 않습니다. 장치 시인의 해석을 나침반으로 삼아보겠습니다. 장치 시인은 이렇게 말합니다.

귀국의 목적이 하나 더 있는 것 같다. 그것은 옛 애인이다. 그 애인은 그의 아내이거나 정인일까? 추측하기 어렵다. 하지만 약속 장소로 간 결과는 정해져 있어서, 그녀는 거기에 없고, 단지 편지만이 낙엽처럼 바람 속에 맴돈다. 부친은 병이 위중하고, 사랑했던 사람은 이미 존재하지 않으니, 귀향의 따스함과 말 없는 상처의 아픔이 시인을 괴롭게 한다.

이렇게 보는 데는 약간의 난점이 있습니다. 시의 화자는 지금 비행기 안에 있습니다. 아직 '그녀'를 만나러 간 것이 아니지요. 그럼 그런 결과를 지금 예상해보는 것일까요? 그렇다면 번역도 미래 시제로 해야 되겠는데, 이것은 시의 전체적인 의미의 흐름에서 혼자 생뚱맞아 보입니다. 오히려 시간을 반대로 보는 것은 가능할 듯합니다. 그러니까 약속 장소로 갔지만 허탕을 친 일이 있었고, 그 일을 지금 회상한다고 보는 것이지요. 과거 언제인지는 모르겠으나 어쩌면 아주 예전 젊었던 시절 실연의 경험일 수도 있겠지요. 그렇다면 그 경험을 왜 지금, 그것도 아버지 얘기를 꺼내다 말고, 회상하는 것일까요? 아버지의 병환과 옛 실연이 겹치면서 어떤 암시를 받는 것일까요? 하지만 이것 역시 생뚱맞게 느껴집니다. 좀더 적극적으로 가정을 해서, 시인의 실제 삶에 대해 우리가 아는 정보를 대입해본다면 다음과 같은 추측이 가능할 것도 같습니다. 즉 만나려고 했으나 못 만난 상대가 이혼한 전처였다고 보는 것입니다. 죽음을 준비하는 아버지가 죽기 전에 며느리를 보고 싶어 했고, 그래서 아버지의 메아리인 '나'는 전처에게 부탁했고 그녀는 '나'의 부탁을 거절했다,라는 이야기를 구성해볼 수 있습니다. 그런데 이것은 사실과 부합하지 않는 것 같습니다. 중국에 남아 있던 부인과 딸이 1995년에 미국으로 건너와 세 식구가 재회를 했는데, 2000년에 부인과 딸이 중국으로 돌아갔습니다. 이때 베이다오 부부가 결별을 했던 것으로 여겨집니다(정식 이혼은 2003년이었습니다). 이러한 사정에 비추어 보면, "옛 애인"은 중국으로 돌아간 전처이고, '그녀'와의 약속 장소로 가기 위해 길모퉁이를 돌고 '그녀'가 편지와 함께 맴돌며 바람 속에 숨는 것은 비행기 안에서 꾼 꿈이라고 볼 수 있을 것 같습니다. 물론 추측일 뿐입니다. 다만 이 추측이 세번째 연을 이해 가능한 연으로 만들어준다는 것은 분명합니다. 이해 가능한 다른 방식이 있다면 또 어떤 게 있을까요?

북경이여, 나는
너의 모든 불빛과 건배한다
나의 흰머리가 길을 이끌어
검은색 지도를 관통한다
폭풍처럼 너를 이끌어 날아오르게 한다

네번째 연도 어렵습니다. 첫 행의 "讓我"를 명령문으로 봐야 할지 의지문으로 봐야 할지, 마지막 행의 첫 글자 "如"를 폭풍에까지 걸리는 것으로 봐야 할지 문장 끝에까지 걸리는 것으로 봐야 할지, 이런 어법적 문제도 있는 데다가 처음 두 행은 뜻이 명료하지만 다음 세 행이 무척 모호합니다. 장치 시인은 '시가詩歌의 폭풍이 그것―조국祖國을 이끌어 날아오르게 해야 한다, 조국이 그런 정신을 필요로 한다'라는 뜻으로 읽습니다. 그리고 이제 검은색 지도는 더 이상 밤이 아니고, 시인은 자신의 귀향의 의의를 완전히 깨달으며 시는 여기서 클라이맥스에 도달한다고 봅니다. 이러한 해석에 저는 별로 공감이 가지 않습니다. 베이다오가 2010년에 펴낸 회고록 『도시의 문을 열다』의 도움을 받아보겠습니다. 이 책에 다음과 같은 구절들이 나옵니다.

비행기가 착륙하는 순간, 지상의 무수한 건물이 내뿜는 불빛이 비행기 창문 안으로 쏟아져 들어와 천천히 회전했다.

베이징은 불빛이 넓게 퍼진 축구장 같았다.

비행기가 공항에서 강하하여 착륙할 때 창밖으로 보이는 모습을 묘사한 것입니다. 시인은 바로 이 불빛을 보며 "나는/너의 모든 불빛과 건배한다"(의지문으로 처리하기로 합니다)는 감탄의 소리를 터뜨리고, 착륙의 순간을 흰색 머리카락이 검은색 지도를 관통하는 것으로 묘사했습니다. 바로 이 장면에서 일종의 착시가 일어난 것 아닐까요? 창밖으로 보이는, 지상이 급속히 가까워지는 모습, 비행기가 내려가는 것이 아니라 지상이 떠오르는 것으로 느껴지는 착시. 그래서 "폭풍처럼" '너'를 이끌어 날아오르게 한다는 박진감 넘치는 묘사가 나온 것 아닐까요? "如"를 문장 끝에까지 걸리는 것으로 보면 '폭풍이 너를 이끌어 날아오르게 하는 것처럼'이 되는데, 이것도 가능한 번역이겠지만, 이렇게 '나'의 머리카락이 지도를 관통한다는 은유와 폭풍이 땅을 날아오르게 한다는 은유를 '~처럼'으로 연결하는 것은 그 비유의 중첩이 생경하게 느껴져서 저는 택하지 않았습니다. 마지막 행을 독립시켜 '폭풍이 너를 이끌어 날아오르게 하는 것 같다'라고 번역하는 것은 가능하겠는데, 이때는 박진감보다 관조의 느낌이 짙어집니다.

박진감이든 관조의 느낌이든, 착륙의 순간에 드는 이 고양된 느낌은 분명히 이 시의 클라이맥스입니다. 그런데 이 느낌은 순간적인 도취입니다. 순간이 지나고 나면 다시 현실이 옵니다. 이 순간적인 도취를 귀향의 의의를 완전히 깨닫는다는 의미로 해석하는 것은 지나친 의미 부여가 아닐 수 없습니다. 오히려 반대일 수는 있겠지요. 순간의 도취 뒤에 오는 것은 속된 말로 '현자 타임'이 아니겠습니까. 현실의 한계가 오히려 더 아프게 느껴질 수도 있습니다. 그래서 다음과 같은 마지막 연으로 연결됩니다.

나는 줄을 선다 저 작은 창이
닫힐 때까지: 오 밝은 달이여
나는 돌아왔다 ― 재회는
언제나 작별보다 적다
단 한 번이 적다

입국 심사를 위해 줄을 선 것이겠죠. 작은 창은 심사대의 창일 것입니다. 왜 '나'는 창이 닫힐 때까지 기다리는 것일까요? 입국심사장에서의 기다림이 시인에게 각별한 의미를 갖는 것은 1994년에 입국을 거부당하고 미국으로 강제 송환된 경험이 있기 때문입니다. 이번에는 미리 입국 허가를 받고 왔습니다. 나는 다른 사람들과 달리 중국 당국이 관리하는 특수 비자를 받은 것이어서 특별 관리 대상입니다. "오 밝은 달이여"라는 감탄문은 어떻게 나오게 된 것일까요? 줄을 선 상태에서 창밖으로 밝은 달이 보이는 것일까요? 입국 심사장에는 창문이 없지 않은가요? 그렇다면 입국 수속이 다 끝나서 공항 건물 밖으로 나온 것이겠습니다. 어느 쪽이든, 밝은 달을 보는 순간 실감이 듭니다. 내가 돌아왔다는 실감이. 하지만 그 실감에는 거의 동시적으로 한계에 대한 인식이 수반됩니다. 곧 다시 떠나야 한다는 것. 그러면 다시 작별의 횟수가 하나 더 많아진다는 것. 이번이 마지막 귀향이고 내가 죽기까지 다음 번 귀향은 더 이상 없을지도 모른다는 그런 의미로까지 해석하는 것은 과잉인 것 같습니다. 제 느낌으로는 다음 번에 또 오더라도 그때도 또 떠나야 함을 말하는 것일 따름입니다. 당시 시인은 중국 당국으로부터 세 차례 한 달 체류 입국을 허가받았다고 합니다.

"오 밝은 달이여/나는 돌아왔다"라는 짤막한 말 속에는 기쁨과 슬픔이 구분할 수 없을 정도로 한데 뒤엉켜 있는 것 같습니다. 그러나 그 뒤엉켜 있는 것 전체를 다시 지극한 슬픔이 덮고 있다고 저는 느낍니다. 시인의 아버지는 2003년에 귀천하였고, 중국 정부는 2006년에 영구 귀국을 허용해주었는데, 시인은 2007년에 홍콩에 정착했고, 2009년에 미국 시민권을 취득했습니다. 홍콩도 중국의 일부이니 조국으로 회귀한 것일까요? 중국 대륙으로 귀국한 것이 아니니 아직도 망명이 끝나지 않은 것일까요?

아래 링크는 중국 고등학교 월말고사 시험 문제 사진입니다. 사진에 나오는 네 개의 문제가 전부 이 시에 대해 묻고 있습니다. 흥미로운 것은 이 물음들이 장치 시인의 해설을 근거로 한 것처럼 보인다는 점입니다. 이 출제가 베이다오 시의 귀국을 뜻하는 것이라면 그 귀국은 장치 시인의 해석을 매개로 이루어졌다고 말할 수 있지 않을까요? 이것은 독자의 일이지 시인의 일은 아닙니다. 독자의 일도 독자가 누구냐에 따라 달라질 것입니다. 그리고 시 자체는 독자는 물론 시인과도 상관없는 곳에서 자신이 어떻게 읽히는지를 말없이 바라봅니다.

중국 고등학교
월말고사 시험지

짧은 시가 길게 느껴질 때

구청顧城
(1956~1993)

긴 시가 짧게 느껴지거나 짧은 시가 길게 느껴질 때 그 시는 좋은 시인 경우가 많습니다. 알려진 가장 짧은 시는 쥘 르나르(1864~1910)의 「뱀」이라고 합니다.

너무 길다

한 줄일 뿐만 아니라 단지 두 개의 단어입니다.

두 줄짜리 시로 유명한 것은 장 콕토(1889~1963)의 「귀」입니다.

내 귀는 소라 껍데기
바닷소리를 그리워한다

이에 비견할 만한 한국 시로는 정현종의 「섬」이 있습니다.

　사람들 사이에 섬이 있다
　그 섬에 가고 싶다

　중국 시에는 어떤 것이 있을까요? 당연히 구청의 두 줄짜리 시를 꼽아야 합니다.

　黑夜给了我黑色的眼睛
　검은 밤이 검은색 눈을 내게 주었으나
　我却用它寻找光明
　나는 그것으로 광명을 찾는다

　1979년에 23세의 구청이 쓴 시로 제목은 "한 세대 사람들一代人"입니다. 헤이예黑夜라는 중국어 단어는 '밤' '어두운 밤' '캄캄한 밤' '어두운 사회'(비유적 의미) 등으로 번역이 가능한데, 제가 어색함을 무릅쓰고 굳이 "검은 밤"이라고 옮긴 것은 이 밤이 "검은색 눈을 내게 주었"기 때문입니다. "검은색 눈"은 '검은 눈동자'를 가리키는 것이 아닙니다. 황인종의 눈동자가 검은 것(정확하게는 검다고 표현되는 것)은 당연한 일이므로 굳이 밤이 따로 주거나 할 필요가 없습니다. 여기서의 눈은 흰자위와 검은자위를

짧은 시가 길게 느껴질 때
159

다 포함하는 통칭으로서의 눈이고 그 눈이 검은색이라는 것입니다. 이런 의미에서의 검은색 눈은 일반적인 것이 아니라 특별한 눈입니다. 내 눈을 특별한 검은색 눈으로 만들어준 것은 밤입니다. 그러니 이 밤은 검은 밤인 것이 어두운 밤보다 더 적절하다고 생각합니다.

이 검은색 눈은 광명을 모르는 눈입니다. 하지만 '나'는 이 눈으로 광명을 찾습니다. 이 눈이 없다면 광명을 찾는 일도 하지 못하겠지요. 광명을 모르는 눈으로 광명을 찾는 것, 이것은 '나'의, 그리고 '나'가 속하는 한 세대 사람들의 한계이자 가능성이고 절망이면서 희망입니다. 이는 문화대혁명이 끝나고 신시기가 시작된, 그러나 신시기가 앞으로 어떻게 전개될지 아직 오리무중이던 당시의 중국 상황과 관련지어 당연히 정치적으로 해석될 수 있습니다. 물론 정치적으로 해석하지 않아도 됩니다.

구청 시인이 2년 뒤에 발표한 긴 시 「나는 제멋대로 하는 아이」에 붙인 제사가 흥미롭습니다.

我想在大地上畵滿窗子, 讓所有習慣黑暗的眼睛都習慣光明。

나는 대지 위에 가득 창문을 그려서, 암흑에 익숙한 모든 눈을 광명에 익숙해지게 하고 싶다.

"검은색 눈"이 여기서는 '암흑에 익숙한 눈'이라고 표현되었습니다. 암흑에 익숙한 눈이 갑자기 너무 강한 광명과 마주치면 상처를 받겠지요. 심하면 실명되기도 한다는군요. 광명에 차츰 익숙해지는 연습 과정이 필요합니다. 하늘은 지금도 여전히 어두운 밤인 것 같습니다. 이 어두운 밤 시인이 대지 위에(하늘이 아니라) 그리는 창문은 그 연습 과정을 제공해주고, 광명을 모르는 눈에 광명을 알려줍니다. 구청 시인에게 시 쓰기는 바로 그, 대지 위에 창문 그리기였습니다.

대지 위에 창문을 그리다가 지친 것일까요? 아니면 익숙해지기 전에 갑자기 너무 강한 광명에 노출되어 큰 상처를 받은 것일까요? 1988년에 뉴질랜드에 정착한 뒤 와이헤케섬으로 들어가 은둔 생활을 하던 '동화시인童話詩人' '유령唯靈 낭만주의 시인' 구청은 안타깝게도 1993년에 37년의 삶을 스스로 비극적으로 마쳤습니다. 그러잖아도 길게 느껴지던 그의 두 줄짜리 짧은 시가 더욱더 길게 느껴집니다.

목면나무의 사랑법

수팅舒婷

（1952~）

1979년에 발표된 27세 여성 시인의 연애시 한 편이 중국의 여성을 바꾸었고 중국의 시를 바꾸었다고 한다면 과장일까요? 꼭 과장만은 아닙니다. 그 영향력은 굉장히 컸습니다. 그 시인의 이름은 수팅이고 시의 제목은 "상수리나무에게致橡樹"입니다. 이 시는 사랑법, 즉 사랑의 방법에 대해 당시로서는 매우 낯선 새로운 사유를 보여주었습니다. 제목으로 봐서는 상수리나무의 사랑법일 듯하지만, 아닙니다. 목면나무의 사랑법입니다. 연 구분 없이 전부 서른여섯 행으로 이루어진 시입니다.

　　내가 만약 당신을 사랑한다면 ──

　　타고 오르는 능소화처럼, 당신의

　　높은 가지 빌려 나를 빛내지는 결코 않으리.

내가 만약 당신을 사랑한다면 ─

치정痴情의 새를 닮아, 녹음綠隆을 위해

단조로운 노래 되풀이하지는 결코 않으리.

또 샘물처럼 그렇게, 1년 내내

청량한 위로 보내기만 하지 않으리.

또 험한 봉우리처럼 그렇게, 당신의 높이를 더해주고,

당신의 위엄 돋보이게 해주기만 하지 않으리.

심지어 햇빛도,

심지어 봄비도.

아니야, 이것들은 다 충분하지 않아!

첫 행의 가정법이 시 전체의 전제입니다. "내가 만약 당신을 사랑한다면 ─", 그러면 나는 이렇게 하겠다라고 말하는 것입니다. 그 '이렇게'의 내용이 깁니다. 서른여섯 행이나 되는 시의 마지막 행까지가 다 그 내용입니다. 과거에 그랬거나 지금 그렇다는 것이 아닙니다. 단지 현재 화자의 바람이고 의지인 것이죠. 위에 인용한 13행까지는 부정 표현으로 진행되는데, 여기서 부정되는 것은 사회적 통념이 사랑이라고 여기는 것들입니다. 그것들의 공통점은 대체로 한쪽이 다른 한쪽을 이용하거나 한쪽이 다른 한쪽을 위해 봉사하고 희생한다는 데 있습니다.

나는 당신 근방의 한 그루 목면나무가 되어,

나무의 모습으로 당신과 함께 서야 해.

뿌리는, 땅 밑에서 꼭 잡고,

잎은, 구름 속에서 맞닿지.

바람이 지날 때마다,

우린 서로 인사를 나누지,

하지만 아무도,

우리의 언어를 알아듣지 못하지.

　화자가 바라는 사랑법은 상대로부터 독립된 개별적 주체가 되어 두 주체 간의 관계를 맺는 것입니다. 상대가 나무로 설정되었으므로 화자도 나무가 되어야 합니다. 상대는 상수리나무, 화자는 목면나무입니다. 거리를 두고 따로따로 서 있는 두 나무가 땅 밑에서 뿌리끼리 만나고 공중에서 잎끼리 만나 둘만의 은밀한 교류를 하는 모습을 화자는 상상합니다. 바람이 불 때면 바람에 스친 잎새들이 소리를 내어 서로 인사를 합니다. 두 나무가 나누는 말은 아무도 알아듣지 못하는 그들만의 언어입니다. 이 교류가 사랑입니다. 신체의 교류와 언어의 교류 중 이 시인은 언어 쪽을 더 중시하는 것 같기도 하네요. 상수리나무의 분포는 광범위하지만 목면나무는 원래 더운 지방의 식물이라고 하는데, 시인이 아열대기후의 복건성 사람이므로 목면나무가 익숙한 나무였으리라 짐작됩니다. 두 나무 다 높이가 15미터가 넘는 대형 수종입니다. 실제로 두 나무가 가까이 있는 일은 거의 없다는 말이 있던데, 식물학적 검증을 하지는 못했습니다.

당신에겐 당신의 단단한 가지가 있어,
칼 같고, 검 같고,
창 같기도 하지.
나에겐 나의 붉고 큰 꽃송이가 있어,
무거운 탄식 같지,
영용한 횃불 같기도 하지.
우리는 한파와 폭풍우와 벽력을 분담하지.
우리는 안개와 남기嵐氣와 무지개를 함께 누리지.
영원히 분리된 것 같지,
하지만 평생 서로 의지도 하지.
이것이 위대한 사랑,
굳셈이 여기에 있지.

두 나무는 특성이 다릅니다. 단단한 가지, 칼, 검, 창 등으로
표현되는 상수리나무는 남성적이고 붉고 큰 꽃송이, 탄식, 횃불
등으로 표현되는 목면나무는 여성적입니다. 두 나무가 고통을 분
담하고 기쁨을 함께 누리는 모습을 상상하며, 분리되었으면서 동
시에 서로 의지하는 두 나무의 관계가 바로 사랑이라고 화자는
규정합니다. 한 가지 눈에 띄는 것은 똑같은 고통을 겪어도 상수
리나무보다 목면나무가 더 큰 고통을 겪고 더 큰 상처를 받을 수

밖에 없게끔 설정되어 있다는 점입니다. 단단한 가지, 칼, 검, 창에 비해 붉고 큰 꽃송이, 탄식, 횃불은 연약하니까요. 이 불균형은 2022년도 2학기 학부 강의에서 이 시에 대해 발표한 한지우 학생의 의견이었습니다.

> 사랑하리 —
> 당신의 건장한 몸을 사랑할 뿐 아니라,
> 당신이 지키는 자리도, 발 아래 땅도 사랑하리.

마지막 세 행입니다. 첫 행의 가정법에 대응하는 내용의 총결이라고 하겠습니다. 그러므로 역시 바람이나 의지의 뜻으로 읽어야 할 것입니다. 그러면 사랑하리라,라고 옮기는 게 맞겠습니다. 하지만 제 마음은 '사랑한다'라는 표현으로 이끌립니다. 긴 상상 끝에 마치 최면에라도 걸린 듯, 사랑의 가정이 아니라 실제로 사랑의 감정을 느끼게 되었다, 자기도 모르게,라는 그런 느낌입니다. 하지만 참기로 했습니다. 원시에 "愛 —"라고 되어 있는 한 행을 '사랑……' 혹은 '사랑은,'이라는 식으로 명사로 파악한 예도 있습니다. 글쎄요, 여기에는 공감이 가지 않습니다. 사랑 자체가 주제가 아니라 사랑법이 주제이기 때문에 명사 '사랑'을 제시하는 것은 뭔가 초점이 안 맞는 느낌입니다. 원시에서 yi 운으로 압운한 곳이 많습니다. 번역에서 그 위치를 다 반영하기는 어려웠지만 그래도 대부분은 우리말 'ㅣ' 모음으로 라임을 맞춰보았습니다.

사랑법이라는 말을 사용하고 보니 한국의 강은교 시인에게
도 「사랑법」이라는 시가 있다는 것이 생각났습니다. 다음은 그 첫
연입니다.

떠나고 싶은 자
떠나게 하고
잠들고 싶은 자
잠들게 하고
그리고도 남은 시간은
침묵할 것

시집 『그대는 깊디깊은 강』(1991)에 수록된 시입니다. 한국
인의 애송시 중 하나인데, 그 잠언 투가 생각 이상으로 난해하고
몽롱합니다.

중국에서 1970년대 말에 출현한 일군의 젊은 시인들의 작품
을 몽롱시라고 불렀고 수팅 역시 몽롱시를 대표하는 시인들 중
하나로 꼽히지만, 「상수리나무에게」라는 이 시는 사실 몽롱할 게
없지 않은가요? 몽롱한 것이 아니라 명징한 것 같습니다. 실제로,
몽롱시인이라고 불린 이들 중 가장 명징한 시인이 수팅이었습
니다.

사랑법이라는 말은 또 1996년에 보컬 그룹 롤라가 부른 노

래 제목을 떠오르게도 하는군요. 사랑이 조심 스러울 수밖에 없다는 가사를 경쾌한 리듬에 실어 들려주는 노래입니다. 다음 링크는 룰라 의「사랑법」공연 동영상입니다.

룰라,
「사랑법」

암스테르담의 중국 시인과 물의 상상력

뒤뒤 多多 **(1)**
(1951~)

문화대혁명 시기에는 '지하문학', 즉 언더그라운드 문학이 중요했습니다. 이 언더그라운드는 공식적으로 발표하지 못하고 써두기만 했거나 사적으로 돌려 읽었다는 뜻입니다. 하북성 백양전* 지역에 하방된 지식청년들 중에서 중요한 시인이 여럿 배출되는데 그들을 백양전 시파라고 부릅니다. 지하문학의 한 구심점 역할을 했습니다. 그들 중 한 명인 뒤뒤의 시를 읽어보겠습니다.

---

* *白洋淀.* 호수 이름. 이때의 '*淀*'은 '*澱*'의 약자(간체자)가 아니라 정자(번체자)이며(이와는 달리, 북경의 한 지역 명칭인 하이뎬海淀의 '*淀*'은 '*澱*'의 약자입니다) 우리말 독음은 '정'과 '전' 두 가지가 있습니다. 얕은 호수라는 뜻은 '정'으로 읽고 침전이라는 뜻은 '전'으로 읽지 않았을까 추측해보지만, 꼭 그랬던 것은 아니고 혼용되었던 것 같습니다. 중국에서도 상고음에서는 '정'에 해당하는 음(현대음의 'ding')과 '전'에 해당하는 음(현대음의 'dian')이 다 있었는데, 중고음부터 '정' 음이 없어지고 '전' 음만 남았습니다. 우리말 독음도 굳이 상고음에 얽매이지 않고 '전'으로 통일해도 괜찮지 않을까 생각합니다.

1989년 작인 「거주자居民」입니다. 뒤뒤는 1989년 6월 4일에 출국하여 15년간 네덜란드에서 살면서 런던대학의 중국어 강사를 비롯해 여러 대학의 주교작가駐校作家를 맡았는데, 긴 외국 생활의 첫 해에 이 시를 썼다는 사실이 시를 이해하는 데 도움이 됩니다.

그들이 하늘 깊은 곳에서 맥주를 마실 때, 우리는 비로소 입을 맞춘다
그들이 노래 부를 때, 우리는 불을 끈다
우리가 잠들 때, 그들은 은도금한 발톱으로
우리의 꿈속으로 들어오고, 꿈이 깨기를 우리가 기다릴 때

그들은 벌써 강물을 만들었다

처음 두 행은 "그들"이 선행합니다. '그들'이 맥주를 마시고 노래 부를 때 '우리'는 키스하고 불을 끕니다. 그다음은 "우리"가 선행합니다. '우리'가 잠들고 꿈에서 깨기를 기다릴 때 '그들'은 '우리'의 꿈속으로 들어와 강물(강물이 무엇일까요?)을 만듭니다. '우리'의 행동은 '그들'에게 영향을 미치지 못하지만 '그들'은 '우리'에게 개입하는 것입니다.

시간 없는 잠 속에서
그들이 면도를 하면, 우리는 바이올린 소리를 듣는다

그들이 노를 저으면, 지구가 회전을 멈춘다
그들이 젓지 않으면, 그들이 젓지 않으면

우리는 깨어날 수 없을지도 모른다

개입할 뿐만 아니라 중대한 작용을 합니다. 잠 속에서 '우리'는 '그들'의 영향을 받습니다. '그들'의 행동 하나하나가 '우리'에게 영향을 미칩니다. 한 행으로 된 네번째 연을 보면, '우리'가 꿈에서 깨어나느냐 못 깨어나느냐가 '그들'에게 달렸습니다.

잠 없는 시간 속에서
그들이 우리에게 손짓하고, 우리가 아이에게 손짓하고
아이들이 아이들에게 손짓할 때
별들이 머나먼 여관에서 깨어났다

모든 고통받는 자들이 다 깨어났다

다음 두 연입니다. 앞 연이 네 행이고 뒷 연이 한 행인 구성이 계속 되풀이되고 있습니다. 처음 네 연에서 '우리'는 잠들었고 꿈을 꾸고 있었죠. 여기서는 '그들'이 '우리'에게, '우리'가 '아이'에게, '아이들'이 '아이들'에게 차례로 손짓을 하고, 그러자 별들이 깨어나고, 고통받는 자들이 깨어납니다. 그런데 이 손짓과

이 깨어남은 "잠 없는 시간 속"에서 이루어집니다. "잠 없는 시간"이 무엇일까요? 앞에서는 "시간 없는 잠 속"이었죠("시간 없는 잠"은 또 무엇일까요?). 처음 네 연에서의 '우리'는 "시간 없는 잠"에 든 것인데, 그 잠에 든 '우리'와 지금 이 "잠 없는 시간 속"의 우리는 어떤 관계일까요? '그들'이 '우리'를 깨운 것일까요?

그들이 마신 맥주, 벌써 바다로 흘러들었다
해면 위를 다니는 저 아이들은
모두 다 받았다 그들의 축복을: 유동流動을
유동은, 단지 강물의 굴종일 뿐

연이 바뀌면서 장소가 바다로 바뀝니다. 이제 아이들이 바다 위를 다닙니다. '그들'이 마신 맥주가 '그들'이 만든 강물을 타고 흘러든 바다, 그 바다 위를 다니는 것인데, 그것은 '그들'의 축복을 받았기 때문에 가능합니다. 어떤 축복인가요? '흐르는 것流動'을 가능하게 해주는 축복입니다. 그런데 시의 화자는 그 "유동"이 "강물의 굴종"에 지나지 않는다고 진술합니다. "강물의 굴종"이 무엇일까요? 마지막 행을 봅시다.

몰래 흘리는 눈물로, 우리는 강물을 만들어서……

'그들'이 진작에 만들어놓은 강물과는 달리, 이 강물은 '우

172

리'가 지금 눈물로 만드는 중인 강물입니다. 이 강물이 제대로 만들어지는 것은 쉽지 않겠습니다. 몰래 흘리는 눈물로 강물을 만들려면 얼마나 많은 눈물을 흘려야 할까요? 그래도 화자는 강물을 만들어서 장차 무엇인가(말줄임표로 생략된)를 하고자 합니다.

몽롱하지만 다음과 같은 얼개는 알아볼 수 있습니다. '그들'에게 '우리'가 종속되어 있다는 것, "시간 없는 잠 속"에 있던 '우리'가 "잠 없는 시간 속"에서 깨어나고 '우리'의 '아이들'은 '그들'의 축복을 받아 '그들'의 바다에서 "유동"하지만 그 "유동"은 "강물의 굴종"에 지나지 않는다는 것 등입니다. '잠'은 중국이나 동양의 낙후, '시간'은 서양의 발전, '강물'이나 '유동'은 '시간'과 같은 의미, 이런 식으로 뜻을 짚어볼 수도 있겠습니다. 가장 애매한 것은 "강물의 굴종"인데, 이 '강물'이 '우리'가 만들고 있는 강물이라고 한다면 이 강물의 '굴종'을 통해 '우리'의 '아이들'이 '그들'의 바다로 흘러 들어가는 '축복'을 받는 것이 되니 이 축복은 반어적 의미를 띤다고 할 수 있겠습니다. 마지막 행에서 말줄임표로 생략된 것은 아마도 그런 '굴종'을 벗어나고 싶다는 희망일 것입니다. 이 희망은 포스트식민주의 맥락과 연관되는 듯합니다.

6·4천안문사건 당일 출국한 시인이 네덜란드에서 무엇을 보았을까요? 좀 자유롭게 추측해봅시다. 강한 충격을 받지 않았을까요? 네덜란드에서 시인은 체류 허가를 받은 거주자resident입니

다. 그는 네덜란드 시민과 다릅니다. 다른 유럽 국가들의 시민과 도 다릅니다. 그는 비극을 겪은 조국을 멀리 떠나온 중국인입니 다. '그들'이 네덜란드인 혹은 유럽인이라면 '우리'는 이곳의 중국 인 거주자들일까요? 아니면 중국인 거주자들뿐만 아니라 유럽의 외국인 거주자들을 다 포함하는 것일까요? 혹시 지구상의 모든 중국인을 가리키는 것일까요? 첫번째나 두번째겠지요? 세번째는 아닐 것 같습니다. 또한, 꼭 사람만을 가리키는 것이 아닐 수도 있습니다. 오히려 문화를 가리킨다고 보는 게 더 적합할 수도 있 습니다. 시인이 부딪힌 충격의 큰 부분이 문화적 충격이지 않겠 습니까? 그 충격의 곤혹스러움을 그린 것이라면, 명료한 논리적 언어에 의한 설명보다 몽롱한 감성적 언어의 묘사가 공명의 힘이 더 클 것 같습니다. 이 시의 핵심적 이미지인 '강물 만들기'는 풍 차의 나라 네덜란드의 운하와 관련될 수도 있겠다는 생각이 듭니 다. 1951년생인 시인이 18세의 나이에 하방 갔던 백양전 지역도 수향입니다. 이 시에 나타나는 흥미로운 물의 상상력은 백양전과 암스테르담의 물에서 비롯한 것 아닐까요?

15년 뒤인 2004년에 귀국한 뒤뒤는 중국에서 무엇을 보았을 까요? 2012년 북경에서 열린 국제도서전시회의 주빈국이 한국이 었습니다. 그 행사에 한국 대표단의 일원으로 참석했던 저는 그 때 이집트 대사관 근처의 독일 맥줏집에서 중국의 왕쟈신 시인, 한국의 홍정선 평론가, 박재우 교수와 함께 뒤뒤 시인을 만난 적 이 있습니다. 뒤뒤 시인은 주로 함께 온 분과 얘기했고 저는 주로

왕쟈신 시인과 얘기했는데, 당시 뒈뒈 시인과 많은 대화를 나누
지 못한 것이 지금 못내 아쉽습니다.

봄에 내 마음이 두려운 이유

뒤뒤(2)

중국 시인 뒤뒤를 우리말 발음으로 읽으면 다다입니다. 다다 이즘의 'Dada'와 발음이 같아 다다라고 읽고 싶습니다(물론 중국 어로 Dada는 '多多'가 아니라 '達達'이라고 씁니다). 그가 1985년에 쓴 "봄의 춤春之舞"이라는 제목의 시가 있습니다. 요한 슈트라우스 2세의 「봄의 소리」왈츠가 생각나는군요. 이 곡은 춤을 위해서가 아니라 연주회를 위해 작곡되었다고는 하지만, 이 곡에 맞추어 춤을 춘다면 그게 '봄의 춤'이 될 것 같습니다. 「봄의 소리」왈츠의 곡이나 이 곡에 붙은 가사는 날아오르는 종달새, 불어오는 따스한 바람, 깨어나는 들판을 경쾌한 기쁨으로 표현하고 있습니다. 봄이 그들을 부르는 것인지 그들이 봄을 부르는 것인지 분간이 가지 않지만 어느 쪽이든 그 소리는 경쾌한 속삭임에 가깝습니다. 그런데 뒤뒤의 시는 그렇지 않습니다. 「봄의 소리」왈츠를 예상하고서 시를 읽으면 우리의 예상은 금세 깨집니다.

눈삽이 겨울의 이마를 평평하게 깎았다
나무야
나는 너의 우렁찬 소리를 들었다

지붕에 쌓인 눈을 눈삽으로 치우는 모습과 연관 지으면 "겨울의 이마"는 지붕에 쌓인 눈입니다. 그런데 눈을 치우며, 나는 나무의 "우렁찬" 소리를 듣습니다. 「봄의 소리」 왈츠의 종달새 울음소리나 따스한 바람 소리가 조그맣고 부드럽고 경쾌한 느낌인 것과 몹시 다릅니다.

나는 물방울 소리를, 눈이 녹는 한바탕의 격동을 들었다.
태양의 광망이 용광로에서 나온 쇳물처럼 들판으로 쏟아져 들어가고
그것의 광선이 거대한 새가 두 날개를 펼치는 방향에서 투사되어 왔다

큰 뱀은, 자갈 더미 위로 제 몸을 내던졌고
창틀은, 주정 부리는 병사의 목청처럼 타올랐다
나는 큰 바다가 양철 지붕 위에서 내는 떠들썩한 소리를 들었다

첫 연에서 우렁찬 나무 소리를 들은 데 이어 이번엔 눈이 녹는 소리를 듣습니다. 눈 녹는 소리도 격렬합니다. 가까이서 멀리로 시선이 이동하면서 들판이 보입니다. 들판에는 햇빛이 비치는데, 그 햇빛도 봄이 아니라 한여름 같을 정도로 강렬합니다. 세번째 연의 자갈 더미 위로 제 몸을 내던지는, 동면에서 벗어난 뱀이 무엇인지는 확실치 않지만, 그다음 행의 타오르는 창틀은 두번째 연의 햇빛 비치는 들판과 마찬가지로 한여름을 연상시키는 강렬한 이미지입니다. 그리고 '나'는, 나무 소리, 눈 녹는 소리에 이어, 이제 양철 지붕 위의 떠들썩한 소리를 듣습니다. 양철 지붕 위의 큰 바다? 그 큰 바다가 내는 소리? 무슨 뜻일까요? 한여름같이 강한 햇빛을 받으면 양철 지붕은 뜨거워지겠습니다. '뜨거운 양철 지붕 위의 고양이'가 생각나네요. 테너시 윌리엄스의 뜨거운 양철 지붕은 위험한 욕망의 비유입니다. 다다의 양철 지붕도 욕망의 양철 지붕인 것일까요?

아, 조용했었네
나는 너의 새하얀 지붕을 잊고 있었네,
눈을 흩날리는 바람으로부터, 나는 한차례 고통을 받았었네

들판이 강렬하게 사랑을 긍정할 때
봄을 거절하는 나의 함성은

언덕을 굴러 내리는 밤알들의 큰 흐름 속에 침몰하네

양철 지붕에서 들리는 떠들썩한 소리에 문득 '나'는 전에 양철 지붕이 조용하던 때를, '나'가 잊고 있던 그때를 생각합니다. 지붕은 눈에 덮여 새하얀 상태였고, 아무 소리도 내지 않고 조용했는데, 그때 '나'는 고통을 받았습니다. 눈을 흩날리는 세찬 바람이 '나'에게 고통을 주었습니다.

다섯번째 연의 2, 3행이 까다롭습니다. "我推拒春天的喊聲/淹没在栗子滚下坡的巨流中"이라는 원문은 어법적으로 세 가지 파악이 가능합니다. 1) '나'는 봄의 함성을 거절하고, 밤알들(언덕을 굴러 내리는)의 큰 흐름 속에 침몰한다. 2) '나'는 봄의 함성이 밤알들의 큰 흐름 속에 침몰하는 것을 거절한다. 3) '나'가 봄을 거절하는 함성이 밤알들의 큰 흐름 속에 침몰한다. 그런데 마지막 두 연을 다음과 같이 한 연으로 합친 판본이 있습니다.

들판이 강렬하게 사랑을 긍정할 때
나의 함성은 언덕을 굴러 내리는 밤알들의 큰 흐름 속에서 침몰하네
나는 내 마음이 두려워, 기뻐하다가 쓸모없어질까 봐

이 판본을 참조하면 셋 중 3)의 파악이 적절합니다. 그렇다면 들판이 강렬하게 사랑을, 즉 봄을 긍정할 때 '나'는 왜 봄을 거

절하는 것일까요? 그 전까지는 '나'도 봄을 긍정했던 것인데, 네 번째 연에서의 겨울 돌이켜보기를 통해 '나'에게 인식이나 태도의 변화가 생긴 것일까요? 지난겨울을 돌이켜보니 지금의 이 봄이 이상하게 느껴지는 것 아닐까요? 너무 뜨겁고 너무 떠들썩하기 때문입니다. 봄이 아니라 한여름 같기 때문입니다. 이건 진짜 봄이 아니거나 잘못된 봄, 위험한 봄인 것 같습니다.

봄을 거절하는 것. 이것이 이 시의 핵심입니다. 이 시가 1985년 겨울에 쓴 일련의 겨울 시들 사이에 끼어 있다는 것을 참조하면, 여기서 그려지는 봄은 실제의 봄이 아니라 상상 속의 봄인 것 같습니다. 봄을 거절하는 '나'의 함성이 언덕을 굴러 내리는 밤알들의 큰 흐름 속에 침몰합니다. 밤이 열리는 때는 가을입니다. 왜 갑자기 봄이 가을로 바뀐 걸까요? 그리고 그 많은 가을 관련 사물 중 왜 하필 밤일까요? 뒤뒤 시인의 성이 중국어 발음으로 '리', 밤 율 자 栗씨이기는 하지만……

두번째와 세번째 연을 성애性愛를 묘사한 것으로 보는 해석이 있습니다. 그렇게 보면 들판과 창틀은 여성을, 햇빛과 뱀은 (첫 연의 나무도) 남성을 비유합니다. 양철 지붕은 성애의 장소이고 큰 바다는 두 남녀의 육체(60퍼센트가 물로 구성된)일 수 있으며 떠들썩한 소리는 성애의 소리일 수 있고, 이렇게 묘사되는 성애의 모습이 바로 제목의 '봄의 춤'일 수 있습니다. 다섯번째 연의 사랑을 강렬하게 긍정하는 들판도 절정을 맞은 여성일 수 있고, 언덕을 굴러 내려가는 밤알들의 큰 흐름은 남성의 파정일 수 있습니다. 뜻의 파악이 잘 되지 않던 몇몇 부분이 이렇게 볼 때 대부분 파악 가능해지므로 이 해석은 상당한 설득력을 갖습니다. 물론 이렇게 본다고 해서 이 시가 성애를 묘사하기 위한 시라는 주장이 성립하는 것은 아닙니다. 그 묘사 자체가 은유일 수 있기 때문입니다. 생명에 대한 은유, 삶에 대한 은유일 수 있고 나아가서는 정치적 은유일 수도 있습니다.

> 나는 내 마음이 두려워
> 나는 외친다, 나는 내 마음이 두려워
> 기뻐하다가 쓸모없어질까 봐!

마지막 연입니다. 두번째 행의 "나는 외친다"가 지문이라면 나머지는 전부 대사입니다. '나'가 외치는 말을 직접화법으로 제시한 것이죠. 그것이 문자 그대로 봄이라면 너무 뜨거운 봄, 그래서 위험한 봄인 줄 모르고 순진하게 기뻐하다가 잘못되면 어떡하나,라는 불안입니다. 봄이 성애의 비유일 경우도 마찬가지입니다. 너무 뜨거운 성애, 거기에 담긴 위험한 욕망에 휘말릴까 봐 두려워하는 것이 됩니다. 다섯번째 연에 이미 묘사되어 있습니다, '나'가 위험한 봄, 위험한 욕망을 거절하고자 하지만 실패하는 모습이. 밤알들의 큰 흐름 속에 '나'의 함성은 이미 침몰했거나 침몰하는 중이거나 침몰할 것입니다.

이 시를 정치적 은유로 읽을 경우, 문화대혁명이 끝나고 개혁개방 시대가 전개되면서 정치 개혁과 경제 개방을 어떻게 할 것인가로 갈등이 커져가던(그로부터 4년 뒤의 비극으로 귀결될) 당시의 상황과 관련지을 수 있습니다. 새로운 시대의 긍정적 의미를 과장하여 선전하는 정치권력에게는 진실이 아니라 권력의 유지와 강화가 목표라는 것을 우리는 잘 압니다. 그 과장된 선전에 휩쓸리면 '나'는, 특히 시인으로서의 '나'는 쓸모가 없어집니다, 진실을 상실하기 때문에! 진실을 지키는 것이 '나'의 쓸모입니다.

이 시의 형태는 앞 세 연과 뒤 세 연 사이의 차이가 특징이라고 할 수 있습니다. 처음 두 연은 압운을 하지 않고, 셋째 연의 두 행을 ao(燒/罩)로 맞춘 뒤, 지나간 겨울을 돌아보는 네번째 연부터 두 연의 모든 행을 eng(靜/頂/痛/情/聲/中)으로 맞추었습니다. 마지막 연 마지막 행에서도 eng(用)을 쓰고 있군요. 이러한 운율은 단지 소리의 문제인 것만이 아니고 당연히 의미와도 관련됩니다. 우리말 번역에서도 이에 대응하여, 다는 아니지만, 대체로 운을 맞춰보았습니다.

다음 링크는 한국의 소프라노 조수미가 2020년 KBS 신년음악회에서 「봄의 소리」를 열창하는 동영상입니다. 머지않은 봄의 도래를 기대하며 함께 감상해보시죠.

조수미,
「봄의 소리」

아버지로서의 어머니와 딸

자이융밍 翟永明 (1)

(1955~)

    1980년대 이후의 중국 시에서 압도적으로 나타나는 한 현
상은 여성 시인들의 약진입니다. 물론 페미니즘의 심화·확산과
유관합니다. 그러나 그 사회적 조류만으로 다 설명되지 않는 놀
라운 모습들이 보는 이를 감탄하게 합니다. 그중 첫손에 꼽아야
할 시인은 자이융밍입니다. 자이융밍이 1983년에 쓰기 시작해서
1985년에 등사판으로 스무 부 인쇄했던 연작시 「여자」는 1986년
의 〈청춘시회〉(중국작가협회의 시 잡지 『시간詩刊』이 1980년부터
개최한 젊은 시인들의 워크숍)를 계기로 널리 알려지면서 중국
문단을 깜짝 놀라게 만들었는데, 「독백獨白」은 이 연작시 중 한 편
입니다. 양행걸침이 많아서 리듬이 매우 억센 편인 자이융밍 시
치고는 비교적 온건한 리듬의 시입니다. 그래도 첫 연은 제법 억
셉니다.

나는, 심연의 매력으로 가득한 하나의 망상은

우연히 당신에 의해 탄생했어요. 땅과 하늘

둘이 합쳐진 나, 당신은 나를 여자女人 라 부르고

나의 몸을 강화했어요

'나'는 여자임이 분명한데, '당신'은 누구일까요? 일설에 의하면 '당신'은 남자입니다. '나'가 여자가 되는 것은 당신-남자에 의해서라는 겁니다. 이렇게 보는 관점이 겨냥하는 것은 물론 남성의 지배에 대한 비판과 여성의 독립 추구입니다. 이 관점은 세 번째 연 마지막 행에서부터 당신-남자의 배반이 진술되고 '나'-여자의 복수의 의지와 독립에의 갈망이 토로된다고 봅니다. 하지만 저는 이런 관점에 반대합니다. 이 관점은, 설사 비판을 위해서라고는 해도 여성의 존재를 남성에 종속되어서만 성립 가능한 것으로 설정하고 있어서 아무리 남성의 지배를 비판한다고 해도 그 설정 자체는 바뀌지 않습니다. 오히려 그 설정의 구속력을 강화하기 쉽습니다. 더구나 남성/여성의 이항 대립을 넘어서거나 벗어날 여지는 전혀 없습니다. 이것이야말로 남성 중심적인 사고 아닌가요?

저는 이 시의 '당신'을 '어머니'라고 봅니다. 저와 관점을 같이하는 분들도 적지 않은 것 같습니다. 이 시를 연작시 중 하나인 「어머니」와 연결 짓기만 해도 이 관점에 설득력이 있다는 것을 대번 알 수 있고, 시인의 어머니가 실제 생후 8개월 된 시인을 지인에게 맡겨 아홉 살 때까지 키우게 했고 이후 성장 과정에서 딸을 엄하게 훈육했다는 사실을 알게 되면 더더욱 그렇습니다. 시의 진술을 따라가보겠습니다. 당신-어머니가 '나'를 낳았습니다. 그런데 당신-어머니는 '나'에게 '여자'라는 젠더를, 가부장적 남성지배사회에서 규정된 그 젠더를 체화시키려 합니다. 당신-어머니 자신도 여자이지만 그 젠더에 완전히 동화되어 있는 것입니다. 여기서부터 어머니와 딸 사이의 갈등이 시작됩니다.

나는 물처럼 부드러운 하얀 깃털 몸
당신은 나를 손 위에 받쳐 들었고, 나는 이 세상을 받아들였죠
평범한 육체를 입은 채, 햇빛 아래에서
나는 너무나 눈부셨죠, 당신이 믿기지 않을 만큼

나는 가장 부드럽고 가장 분별력 있는 여자
모든 걸 꿰뚫어 보면서도 모든 걸 나누어 짊어지려 했어요
하나의 겨울을, 하나의 거대한 검은 밤을 갈망했어요
마음과 마음이 만나는 방식으로, 나는 당신의 손을 잡고 싶었어요
하나 당신 앞에서 내 모습은 하나의 비참한 패배

당신이 떠날 때에, 나의 고통은

내 심장을 입으로 토하려 했습니다

사랑으로 당신을 죽이는 것, 이것은 누구의 금기입니까?

태양은 온 세상을 위해 솟아오릅니다! 나는 오직 당신을 위해

가장 증오스러운 부드럽고 달콤한 감정을 당신의 온몸에 붓

습니다

발끝에서 머리끝까지, 내게는 내 방식이 있습니다

두번째 연은 '나'의 탄생을 묘사한 것입니다. 부드럽고 가벼운 갓난아이를 어머니가 손 위에 받쳐 듭니다. 어머니 손 위에서 아이는 세상을 받아들이게 됩니다. 평범한 육체이지만 이 아이의 모습은 믿기지 않을 만큼 눈부십니다. 아이를 손 위에 받쳐 드는 행동이나 갓 태어난 아이를 보고 놀라는 모습은 「어머니」에도 나옵니다. 이것이 어떻게 남자에게 사랑받는 여자의 모습이 될 수 있겠습니까? 저는 도무지 이해가 가지 않습니다. 백번 양보해서 '당신'을 남자라고 본다면 이 남자는 실제 인물이 아니라 관념적이고 추상적인 존재이겠고, 이 존재의 가면을 벗기면 그 속에 있는 것은 '아버지로서의 어머니'일 것입니다.

세번째 연은 이 아이가 성장하여 어른이 된 모습을 그리고 있습니다. '겨울'을 갈망하고 '검은 밤黑夜'을 갈망하는, 여성으로서의 주체적 의식이 확고한 모습입니다. 시 첫머리에서 표명된 "심연의 매력으로 가득한 하나의 망상"은 이 의식으로부터 가

능해집니다. 특히 '검은 밤'은 자이융밍의 주체적 여성의식을 대표하는 그 유명한 개념, 그 유명한 이미지입니다. 자이융밍 이후 '검은 밤'은 중국 여성시의 핵심 개념으로 작동합니다. 그런 확고한 여성 주체가 당신-어머니에게 화해의 손을 내밀지만 그것은 항상 실패로 끝납니다.

네번째 연에서 "당신이 떠날 때"라고 한 것은 '당신-어머니'와의 결별을 뜻하는 것 같습니다. 그런 완고한 어머니에 대한 '나'의 감정은 사랑과 증오가 뒤엉킨, 고통스럽기 짝이 없는 감정입니다. "사랑으로 당신을 죽이는 것"이라든지 "가장 증오스러운 부드럽고 달콤한 감정"이라든지 하는 모순에 찬 표현들. 이것들은 단순한 장식적 수사가 아닙니다. 그 모순이야말로 진실로 중요한 내용입니다.

외마디 구해달라는 소리, 영혼도 손을 뻗을 수 있나요?
큰 바다가 내 혈액이 되어 나를
지는 해의 발 아래로 높이 들어 올린다 해도, 누가 나를 기억할까요?
하나 내가 기억하는 건, 절대로 하나의 삶만이 아니에요

마지막 연은 제가 일단 위와 같이 번역했지만 이 번역은 잠정적입니다. "구해달라는 소리"는 '나'의 소리임이 분명합니다. 사랑과 증오가 뒤엉킨 모순된 감정의 극점에서 '나'는 죽을 것

만 같고, 그래서 구해달라고 소리 지르는 것입니다. "영혼도 손을 뻗을 수 있"냐고 한 것으로 보아 지금 이 장면이 '나'의 내면 속에서 벌어지는 것임도 분명합니다. 하지만 그 영혼의 손이 구해달라는 자의 손인지, 도와주는 자의 손인지 분명치 않습니다. 또 '바다가 나를 들어 올린다면'인지 '들어 올린다 해도'인지 분명치 않습니다. 또 "누가 나를 기억할까요"는 기억할 자가 아무도 없다는 것인지, 기억할 자가 누구인가를 실제로 묻는 것인지 분명치 않습니다.

제 감각은, 영혼의 손은 도와주는 자의 손이고, 바다도 '나'를 도와주는 존재이고 그래서 '나를 들어 올려주지만', 그래도 '아무도 나를 기억하지 못할 것'이라고 읽게 됩니다. 저의 이 감각이 주관적 오류일 수도 있을 것 같아 시인에게 연락하여 시인의 의도를 직접 물어보았습니다. 그랬더니 돌아온 답은 둘 다 가능하다는 것이었습니다. 둘의 방향이 정반대인데도 둘 다 가능하다는 것입니다. 그래서 저는 자이융밍 시인에 대한 하나의 가설을 품게 되었습니다. 시를 논리적 인식 위에서 쓰는 게 아니라, 어떤 도취 상태에서 초현실주의의 자동기술법에 가까운 그런 방식으로 쓰는 게 아닌가 하는 가설. 시를 쓰고 난 뒤에 자신도 자신의 시에 대해 독자가 되는 그러한 관계. 어떤 경계의 끝에서, 어떤 미지의 영역을 열어나가고자 하는 시인에게서 결코 드물지 않게 발견되는 모습입니다.

자이융밍 시에 나타나는 어머니와 딸의 관계는 오이디푸스적 부자 관계와 유사합니다. 아버지의 억압이 거세를 요구하는 것처럼 자이융밍 시의 어머니도 딸에게 일종의 거세를 요구하는 것입니다. 자이융밍의 딸은 그 거세를 거부합니다. 그런 의미에서 안티-오이디푸스적 존재라고 할 수 있겠고, 이 점에서 중요한 의미를 갖는다고 생각됩니다. 자이융밍이 미국의 여성 시인 실비아 플라스의 '고백시'에서 큰 영향을 받았다는 것은 잘 알려져 있습니다. 실비아 플라스가 1962년에 쓴 시 「아빠」가 생각나지 않을 수 없네요.

> 만일 내가 한 남자를 죽였다면, 난 둘을 죽인 거예요 —
> 자기가 당신이라고 하며 내 피를
> 1년 동안 빨아 마신 흡혈귀,
> 아니 7년이에요, 정확히 알고 싶다면.
> 아빠, 이제는 다시 누워도 돼요.
>
> 당신의 살찐 검은 심장에 말뚝이 박혀 있어요.
> 마을 사람들은 당신을 좋아한 적이 없어요.
> 그들은 춤추면서 당신을 짓밟고 있어요.
> 그들은 줄곧 알고 있었어요 그게 당신이라는 걸.
> 아빠, 아빠, 이 개자식, 나는 끝났어.

이 시의 마지막 두 연입니다. 특히 마지막 행이 유명합니다.

이 '아빠'에는 1932년생인 시인이 여덟 살 때 죽은 아버지의 모습에 1962년 당시 결혼한 지 7년째 되었던 남편 테드 휴스(유명한 시인이죠)의 모습이 겹쳐 있습니다. "만일 내가 한 남자를 죽였다면, 난 둘을 죽인 거예요—"라는 진술은 그 겹침을 말합니다. 시의 화자는 이미 죽은 아버지에게서 억압을 느끼며 고통스럽게 살아온 내역을 길게 진술합니다. 그런데 그 아버지를 남편이 대체합니다. "자기가 당신이라고 하며 내 피를/1년 동안 빨아 마신 흡혈귀,/아니 7년이에요"라는 진술은 바로 남편을 가리킵니다. 실비아 플라스가 이 시를 쓸 때 그녀는 결혼 7년 차였고 남편의 외도는 1년 된 것이었습니다. 남편의 외도를 알게 된 실비아 플라스는 이혼을 했고 이 시를 썼습니다. 어렸을 때의 기억으로만 남은 아버지와 자신을 배신한 남편 두 사람이 하나로 겹쳐진 것은 그들이 공통적으로 가졌던 가부장적 권위주의 때문입니다. 시의 화자는 아버지를 남편으로 대체하고서 아버지에 대한 정신적 살해를 완성합니다. 그래서 마지막 행의 "나는 끝났어"라는 진술이 나오는 것입니다. 하지만 시인은 그 살의가 결국 자신에게로 향하는 것을 이겨내지 못했습니다.

자이융밍이 「독백」을 썼을 때가 28세, 실비아 플라스가 「아빠」를 썼을 때가 30세였습니다. 거의 같은 나이였던 것입니다. 자이융밍은 그로부터 4년 뒤인 1987년에 쓴 시 「죽음의 도안」에서 어머니와의 화해를 이룹니다. 어머니의 병상을 지키고 죽음을 맞이하는 과정에서 화해가 가능해진 것입니다. 결혼 생활 또한 실비아 플라스와는 완전히 다릅니다. 화가 허둬링과의 결혼이 이혼으로 끝난 뒤에도 두 사람의 관계가 우정의 그것으로 지속되었고, 허둬링은 이혼 후에도 계속 자이융밍을 모델로 그림을 그립니다. 자이융밍은 행복한 시인입니다. 아래 링크는 시인의 시 낭송 동영상입니다.

자이융밍
시 낭송

출산의 장면인가, 출생의 장면인가

자이융밍(2)

　자이융밍 시인이 1985년에 등사판으로 스무 부를 인쇄한 연작시집 『여자』는 이제 전설적인 시집이 되었습니다. 자이융밍 자신의 시는 물론이고 지금의 중국 여성시가 바로 이 시집에서 시작되었다고 해도 과언이 아닙니다. 바로 앞의 선배 수팅의 여성시와는 확연히 다른 세계를 펼쳐 보여준 이 시집에서 「독백」한 편은 전에 살펴본 적이 있습니다. 하지만 이 시집에 실린 스무 편중 가장 유명한 작품은 「어머니母親」입니다. 더 이상 미루지 말고 여러분과 함께 읽어봐야겠습니다.

　도달할 수 없는 곳이 너무나 많아요, 발이 아파요, 어머니, 당신은

　가르쳐주지 않았어요 탐욕스러운 아침노을 속에서 오래된 애

수에 젖는 법은. 내 마음은 오직 당신을 닮았어요

두 행으로 한 연을 구성했습니다. 행갈이의 가장 큰 특징은 양행걸침의 빈번한 사용입니다. 행과 행 사이는 물론 연과 연 사이에서도 사용되어 독자가 오독할 위험이 큽니다. 1행 끝은 양행걸침임을 쉽게 인지할 수 있습니다. "탐욕스러운 아침노을 속에서 오래된 애수에 젖는 법"이 무엇일까요? 모호하지만, 뒤집어 말하면 애수에 젖지 말라고 가르친 것일 듯합니다. 하지만 '나'는 애수에 젖고 싶은 것이고요. 젖고 싶지만 방법을 모르는 것이고요. 왜냐하면 "내 마음"은 그렇게 가르친 '당신(어머니)'을 닮았기 때문입니다. 2행 끝도 양행걸침의 기미가 조금은 있습니다. "내 마음"이 '당신'을 닮은 것은 마침표로 끝난 그 앞 문장에도 걸리고, 다음 연의 첫 구절에도 걸릴 수 있습니다.

당신은 나의 어머니, 나는 심지어 당신의 혈액이 동틀 무렵 유출한
피바다 속에서 당신을 놀라게 했어요 당신은 당신 자신을 보았죠, 당신은 나를 깨워

이 연의 1행과 2행 사이의 양행걸침은 오독을 부르기 쉽습니다. 양행걸침임을 인지했다 하더라도 구문을 어떻게 파악하느냐 하는 문제가 남아 있습니다. 저의 파악은, '나는 피바다 속에서 당

신으로 하여금 당신 자신을 보게 했다'입니다. 당신 자신을 보다니요? 그렇습니다. '당신 자신'은 바로 '나'입니다. 이것은 출산의 장면입니다. 갓 태어난 아기에게서 어머니가 어머니 자신의 모습을 본 것입니다. 딸이 태어났다는 뜻일까요? 아니면 또 하나의 생명을 발견했다는 뜻일까요? 2연 끝도 양행걸침입니다. '당신은 나를 깨웠다'가 아닙니다. "당신은 나를 깨워",라고 해서 다음 연의 "이 세계의 소리를 듣게 했어요"로 연결해야 합니다.

　　이 세계의 소리를 듣게 했어요, 당신은 나를 낳았어요, 당신은 나를 불행과 더불어
　　이 세계의 무서운 쌍둥이로 만들었어요. 여러 해 동안, 나는 오늘 밤의 울음소리를 기억하지 못했어요

아기의 엉덩이를 때리거나 해서 울음을 터뜨리게 만든 것일까요? 어머니는 아기를 깨워 출산을 완성했고 아기는 깨어나 출생을 완성했습니다. 어머니의 입장에서는 출산이고 아기의 입장에서는 출생입니다. 하지만 시의 화자 '나'는 사람의 삶은 행복한 것이 아니라고 생각합니다. 오히려 불행한 것이죠. 그래서 태어난다는 것은 불행과 쌍둥이가 되는 것입니다. 그리고 '나'는, 당연한 이야기지만, 출생 장면을 기억하지 못합니다. 나중에 어머니에게서 말을 듣고 상상할 수는 있겠지만요.

당신을 잉태시킨 그 빛은, 얼마나 멀리, 얼마나 수상하게 왔는지, 생과 사의

사이에 선 채, 당신의 눈은 어둠을 품었고 발밑으로 스며드는 그림자는 얼마나 무거웠는지

출산과 출생을 묘사하는 언어가 왜 이렇게 어두울까요?

당신에게 안긴 채, 나는 수수께끼의 답 같은 웃음을 띠었어요, 아무도 몰랐어요

당신은 나에게 동정童貞의 방식으로 일체를 납득시키려 했지만, 나는 신경도 안 썼어요

'나'의 웃음의 의미를 아무도 모릅니다. 하지만 이 웃음은 이후의 '나'를, '나'가 어머니의 요구를 거부하고 어머니에게 반항하게 될 것임을 암시합니다. 어머니는 '동정의 방식'을 '나'에게 주입하려 하지만 '나'는 신경도 안 쓰고 무시해버립니다.

나는 이 세계를 처녀로 삼았어요, 설마 내가 당신을 향해 낸

명랑한 웃음소리가 충분한 여름을 태우지 못했나요? 못했나요?

'나'는 '동정'이 되기를 거부하고 '나'는 오히려 '세계'를 '처

녀'로 삼습니다. 여성이라는 젠더에게 요구되는 사회적 기대를 같은 여성인 어머니가 '나'에게 강요하는 것이고 '나'는 그 강요를 거부하는 것입니다. '충분한 여름을 태우는 것'이 무슨 뜻인지는 모르겠습니다. 일단 건너뛰겠습니다.

나는 세상에 버려졌어요, 오직 나 홀로, 태양의 광선이 슬프게
나를 뒤덮었어요, 당신은 세계를 향해 몸을 굽힐 때 당신이
무얼 잃어버렸는지 아시나요?

세월이 나를 맷돌에 넣고, 갈려 부서지는 모습을 내 눈으로
보게 했어요
아, 어머니, 내가 마침내 침묵하게 되었을 때, 당신은 그래서
기뻤나요

그 거부는 어머니와의 갈등을 초래할 뿐만 아니라 사회적으로도 핍박을 받게 만듭니다. 그 핍박을 '맷돌에 넣어져 갈려 부서지는 모습'으로 비유했습니다. 결국 '나'는 지쳐서, 혹은 힘이 빠져서 침묵하게 되었습니다. 여기까지는 제가 시제를 과거로 번역했습니다. 시제의 파악은 다소 다르게 할 수도 있겠습니다만, 일단 이렇게 파악한다면, 침묵에서 벗어나 다시 거부의 길을 가려는 '나'의 다짐이 여기서부터 시작될 것을 예상할 수 있습니다. 시제도 현재로 바뀌게 됩니다.

아무도 몰라요 내가 어떻게 당신을 엉뚱하게 사랑하는지, 이 비밀은

당신의 일부에서 온 것, 내 눈은 두 개의 상처처럼 고통스럽게 당신을 바라봐요

이제 어머니는 더 이상 '나'에게 억압의 전부가 아닙니다. '나'는 성장했고 '나'의 반항과 거부는 어머니를 넘어 젠더 질서 자체를 향합니다. 그래서 이제 '나'는 어머니를 엉뚱하게 사랑한다고 말하고, 고통스러운 시선이지만 어머니를 바라봅니다. 그렇다고 어머니와 화해한 것은 아니지만요.

살기 위해서 살며, 나는 멸망을 자초하고, 그럼으로써 오래된 사랑에 대항해요

돌멩이 하나 버려져, 골수처럼 말라붙을 때까지, 이 세계

'나'의 거부와 반항은 치열합니다. 멸망을 자초함으로써 대항의 힘을 길어냅니다, 돌멩이가 골수처럼 말라붙을 때까지! 필사적으로! 그리고 그 필사적임을 2행 끝의 "這世界"라는 세 글자 양행걸침이 시각적으로나 청각적으로나 표현하고 있는 것 같습니다. "이 세계"는 다음 연의 "에 고아가 있어"에 연결됩니다. '이 세계에/고아가 있어'가 자연스럽겠지만 제가 '이 세계//에 고아가

있어'로 쓴 것은 이 양행걸침의 존재감을 더욱 강조하기 위해서입니다.

　에 고아가 있어, 모든 축복을 남김없이 폭로시켜요, 하지만
누가 가장 잘 알까요
　무릇 어머니의 손 위에 섰던 사람은, 결국 태어났으므로 죽을
것임을

'나'의 투쟁은 결코 낙관적이지 않습니다. "고아"를 자처하며 모든 허위를 폭로하려 하지만, '나' 또한 "어머니의 손 위에 섰던 사람"입니다. '어머니의 손 위에 서는 것'이 무엇일까요? 제게 연상되는 것은 걸음마를 시작할 무렵의 아기를 손바닥 위에 올려놓고 서게 하는 장면입니다. "섰던"이라는 말 때문에 이 연상이 나온 것이지만, 다른 시 「독백」에서는 어머니가 갓난아이를 손 위에 받쳐 듭니다. 아무튼 어머니와 자식의 끊을 수 없는 연계를 의미하는 것이기는 하겠죠. '태어났으므로 죽게 되는 것'과 마찬가지로 그것은 '나'에게 벗어날 수 없는 질곡입니다.

　부모와 자식, 특히 어머니와 자식, 그중에서도 어머니와 딸의 관계가 따뜻한 사랑의 관계가 아니라 이토록 살벌한 갈등의 관계인 것은 정말 보기 드문 장면인 것 같습니다. 하지만 자이융밍 시인의 실제 모녀 관계에 대해 아는 사람들은 고개를 끄덕일 것입니다. 또 자이융밍 시인이 미국의 여성 시인 실비아 플라스

에게서 큰 영향을 받았음을 알게 되면 더욱 납득이 될 것입니다.
실비아 플라스의 아버지가 자이융밍에게는 어머니입니다.

나무, 혹은 물을 빨아들여 불로 태우는 등잔

천둥둥陳東東
(1961~)

천둥둥은 제3세대 시 혹은 후몽롱시를 대표하는 시인 중 한 사람입니다. 몽롱시 중 가장 몽롱한 시인이 뒤뒤라면 후몽롱시 중 가장 몽롱한 것은 천둥둥이라 할 수 있습니다. 상해에서 태어났고 상해사범대학을 졸업한 뒤 상해에서 생활해온 그는 상해의 아이로서 상해라는 지역의 문화적 특성을 잘 보여줍니다. 십몇 년 전에 제가 한국의 조은 시인과 함께 천둥둥 시인을 만났던 기억이 납니다. 1961년생이니 그도 이제 육십대 나이가 되었군요. 1985년에 발표한 "나무樹"라는 제목의 시를 읽어보겠습니다.

나무의 뿌리로부터 진입하고 생장한다. 등잔 같다
군함조들의 성숙한 목주머니는 비스듬히 바다로 들어갈 수
있다

바다, 곳

물고기와 수초의 하늘색 이름

우리 주위의 차가운 바람은 빛이다

늦가을의 빛이고 돌멩이가 수관樹冠을 두드리는

빛이다

나무껍질은 거칠고, 우리는 그것의 몸속에서 생장한다

제목으로 내세워진 시적 대상 '나무'와 시의 화자 '우리'는 무슨 관계일까요? 첫 연 마지막 행을 보면, 거친 나무껍질 속, 나무 몸속에서 '우리'가 생장합니다. 생장은 나서 자란다는 뜻이니 문자 그대로라면 '우리'는 나무의 몸속에서 나서 자라는 존재입니다. 첫 행을 보면, 나무의 뿌리로부터 진입하고 생장한다고 했습니다. 뿌리는 수분과 양분을 빨아들이고 그 수분과 양분은 나무 몸속의 물관과 체관을 통해 상승하여 나무의 온몸으로 배분됩니다. 그러니까 나무의 뿌리로부터 진입하고 생장하는 것은 그 수분과 양분을 통해 태어나고 자라는 생명 혹은 생명력이겠습니다. 천둥둥의 생명은 수직적 구조를 가지고 있습니다. 마치 등잔 같습니다. 심지가 기름을 빨아들이고 상승시켜 불로 태우는 등잔! 나무는 하나의 등잔이고 여기에 생명의 비밀이 있습니다. 생명은 물이면서 불입니다.

군함조의 하강은, 나무의 상승과 방향이 반대이지만, 똑같이 수직적 구조를 갖습니다. 날개를 펼친 길이가 2미터가 넘는 큰 새

군함조는 가장 빨리 나는 새 중 하나로 꼽히는데, 수면 근처의 먹이를 향해 하강할 때의 속도가 빠르다고 합니다. 먹이를 향한 하강이니 이 역시 생명의 생장과 관계됩니다. 군함조의 하강이 보이니 이곳은 바다가 보이는 곳입니다. 3행에서 "곳"이라고 했는데, 곳(해갑海岬)이라고 된 판본도 있고 해협이라고 된 판본도 있습니다. 군함조가 수면으로 내리꽂히는 모습이나, 뒤에 나오는, 나무가 바다로 들어가는 이미지가 더욱 박진감 있게 보이려면 해협보다 곳이 낫지 않을까 싶어서 저는 곳을 선택했습니다. 육지가 끝나는 곳, 곳의 끝에서 바다를 향해 뛰어드는 나무!

군함조는 바닷속으로 들어간 것일까요? 물고기와 수초는 군함조가 들어간 바닷속 풍경인 것일까요? 실제 군함조는 물속으로 들어가지 않는다고 합니다. 깃털이 방수가 안 되기 때문에 수면 가까이 접근했다가 다시 날아오른다는 것입니다. 입수해서 물고기를 잡는 가마우지와는 다르다는 것이죠. 목주머니도 입수와는 아무 관계가 없습니다. 수컷 군함조가 암컷을 유혹할 때 붉은 목주머니를 부풀린다고 합니다. 만약에 군함조가 입수했다면 하늘색 물속 풍경이 펼쳐지겠죠. 지금 차가운 바람 속에 있는 나무는, 그리고 나무 속의 '우리'는 그 바람을, 바로 그 물속 풍경과 흡사한 것으로 느끼는 것 같습니다.

마침내 우리는 그것을 인도하게 되었다. 이 나무들은 창로하다

하얗다, 목 쉰 그림자가 있고

날개가 좁고 긴 군함조의 달[月]이 있다. 우리는 인도한다

나무가 바다로 진입하는 것을

바다, 곶

물고기와 수초의 하늘색 이름

나무 주위에는 차가운 빛이 있다, 우리의 등잔

나무 주위에는 늦가을의 빛이 있고 돌멩이가 서풍을 두드리는

빛이 있다

나무껍질은 거칠고, 우리는 그것의 앞에서 인도한다

이제 나무가 바다로 진입하려 합니다. '우리'는 그 진입을 인
도합니다. 곶이 끝나는 곳에서 바다로 들어가려 하는 나무! 이 나
무들은 창로하고 하얗습니다. 즉, 초록의 싱싱한 나무가 아닙니
다. 늦가을의 나무라서 그런 것일까요? 그림자도 목이 쉬었습니
다('군함조의 달'이 무슨 뜻인지는 모르겠습니다). 바닷속에는 물고
기와 수초의 하늘색 풍경이 있는데, 나무는 아직 육지에서, 차가
운 빛 속에 있습니다. 이 빛에는 두 종류가 있습니다. 하나는 '늦
가을의 빛'이고 다른 하나는 앞 연에서는 '돌멩이가 수관을 두드
리는 빛'이라고, 뒤 연에서는 '돌멩이가 서풍을 두드리는 빛'이라
고 묘사되는 것입니다. 후자가 무얼 묘사한 건지 분명치 않지만,
혹시 등잔인 나무 자신이 발하는 빛일까요? '군함조의 달'이라는
말에서 힌트를 얻는다면 '돌멩이'를 밤하늘의 별이라고 볼 수도

있겠습니다. 키 큰 나무의 배경이 되는 밤하늘의 별들이 나무에 부딪혀 빛을 발하는 것처럼 보일 수 있으니까요.

나무의 입해(바다로 들어가기)는 무엇을 뜻하는 걸까요? 군함조의 입해와 같은 것일까요? 실제의 군함조는 입수하지 않지만 이 시 속의 군함조는 입수한 것으로 상상됩니다. 그리고 그 입수는 자살이 아니라 먹이를 얻는 일, 생명을 추구하는 일입니다. 그렇다면 나무의 입해도 같은 의미일까요? 지금이 늦가을이니 그 입해는 겨울맞이를 뜻하는 것일까요? 분명치 않습니다. 나무와 등잔의 수직적 상승이 초월의 이미지로 해석될 수 있음은 분명한데, 군함조의 입해와 나무의 입해가 갖는 수직적 하강의 이미지는 어떻게 해석하는 것이 좋을까요? 이 하강을 내부 초월로 이해해도 될까요?

이 장면에서 스티븐 스펜더의 시 「바다 풍경」이 상기됩니다. 해안에서 바다로 날아든 나비가 '젖은 반사된 하늘', 즉 바다로 빠져 들어 익사하고, 육지에서 걸어 나온 영웅들을 바다가 삼킵니다. 마주 세우고 보면 나비와 군함조가, 영웅들과 나무들이 대응됩니다. 하지만 나비와 영웅들이 죽음, 혹은 유한한 생명이 영원 속으로 사라져가는 것과 연결되는 데 반해 군함조와 나무들은 오히려 삶, 혹은 생명의 추구와 연결되는 것 같습니다. 좀더 음미해볼 필요가 있겠습니다. 군함조는 실제로 바다로 입수한 것일까요? 나무는 곧 바다로 들어갈까요?

거울 앞에는 아무도 없지만
거울 속에는 그녀가 있다

장짜오張棗
(1962~2010)

1984년에 22세의 젊은 시인 장짜오가 그의 대표작 「거울 속鏡中」을 썼습니다. 젊은 나이에 명작을 써내는 것은 천재들의 특권일까요? 많은 사람에게 애송되는 매우 유명한 시이나, 대표적인 난해시 중 하나로 꼽히기도 합니다. 애매모호하면서도 뭔가 알 것 같은, 혹은 반대로 뭔가 알 것 같으면서도 애매모호한 분위기가 독자의 감성을 울립니다. 이 경우 감성에 호소하는 것은 명확한 뜻이 아니라 오히려 애매성이라 하겠습니다. 이 시에 대한 논평들을 보면 논평자의 주관으로 가득 차 있으면서 저마다 크게 다릅니다. 마치 시는 논평자들의 주관을 작동시키는 단서일 뿐인 것 같습니다. 하지만 저는 최대한 뜻을 추적해보고자 합니다. 그래야 애매모호함도 어떤 애매모호함인지를 알 수 있겠고, 저의 주관도 폭주하지 않고 제어될 수 있을 것입니다.

평생에 후회되는 일 생각하면

매화가 떨어져 내린다

처음 두 행은 얼핏 보면 평범한 진술인 것 같지만 가만히 음미해보면 결코 평범하지 않습니다. 화자가 생각하는 것과 매화의 낙화가 무슨 상관인가? 혹시 이 매화는 실제의 매화가 아니라 심리적인 것, 상상적인 것인가? 만약 실제의 매화라면 바야흐로 겨울에서 봄으로 바뀌는 때여서 가능해진 우연일 것입니다. 어느쪽이든 여기서 중요한 것은 외적 사실이 아니라 화자의 마음입니다.

가령 그녀가 강 건너편으로 헤엄쳐 가는 걸 본다거나

가령 소나무 사다리를 오른다거나

3, 4행은 무엇의 예일까요? 후회되는 일의 예? 아니면 5행에서 얘기되는 위험한 일의 예? 둘 다일까요? 그녀가 강 건너편으로 헤엄쳐 가는 걸 본(보기만 한) 것이 후회되는 것일까요? 소나무를 사다리 오르듯(소나무를 재료로 만든 사다리가 아니라) 오른 이는 '그녀'가 아니라 화자 자신인 것이 어법상 맞을 것 같지만, 뒤에 나오는 진술들과 연결해서 보면 '그녀'라고 봐야 할 것 같습니다. 그렇게 본다면 '그녀'가 소나무를 오르는 것을 본(보기만

한) 것이 후회되는 일이겠습니다.

위험한 일은 물론 아름답지만

후회되는 그 일들은 전부 위험한 일이었다고 할 수 있습니다. 헤엄치다 물에 빠질 수도 있고, 나무를 오르다 떨어질 수도 있으니까요. 위험하지만 멋진 일이기도 합니다. 아니, 위험하기 때문에 더 멋집니다. 하지만 화자는 말리지 않은(혹은 못한) 것을 후회합니다. 혹시 그녀가 위험에 빠져버린 것일까요? 그래서 후회하는 것일까요? 물론 여기서 헤엄쳐 강을 건너는 것이나 소나무를 오르는 것이나 다 실제가 아니라 비유일 수 있습니다. 이 비유는 수평적으로 멀어지기와 수직적으로 멀어지기를 내용으로 합니다. 혹은 강 건너는 피안이고 소나무는 일종의 세계수世界樹여서 피안으로 가고 세계수를 오르는 것은 다 초월을 뜻할 수도 있습니다.

차라리 보고파 그녀가 말 타고 돌아와서
따스한 볼을 한 채
수줍어하는 것. 고개 숙인 채, 황제에게 대답하는 것

'그녀'가 말 타고 돌아오는 모습을 보는 편이 낫다고 화자는 말합니다. 위험하지 않고 안전하기 때문이겠죠. 멀어지는 것이 아니라 가까워지는 것이기도 하고, 초월이 아니라 회귀이기도 합니다. 화자는 돌아온 '그녀'를 상상해봅니다. 볼을 붉히며 수줍어하는 '그녀'. '그녀'가 화자에게 대답합니다. 이때 화자는 황제가 됩니다. 지극한 기쁨을 느끼는 것입니다. "수줍어하는 것"과 "고개 숙인 채" 사이에 마침표를 찍은 것이 눈에 띕니다. 이 시에 등장하는 유일한 마침표가 이 행의 중간에 찍혀 있으니 여기에는 시인의 특별한 의도가 담겨 있음이 분명합니다. 마침표의 앞과 뒤가 대칭을 이루는 점, 그리고 동어반복이면서 동시에 높이 차가 큰 비약이기도 하다는 점이 눈에 띕니다. 그리하여 "고개 숙인 채, 황제에게 대답하는 것"이라는 구절은 이 시의 클라이맥스가 됩니다.

거울 하나가 영원히 그녀를 기다린다
그녀를 거울 속 늘 앉던 자리에 앉힌다

그러나 클라이맥스 다음에는 냉정한 현실 인식이 옵니다. 거울이 영원히 '그녀'를 기다린다는 것은 '그녀'가 결코 돌아오지 않을(혹은 못할) 것임을 알고서 하는 말입니다. 왜 돌아오지 않는 것일까요? '그녀'와 화자는 돌이킬 수 없는 결별을 한 것일까요? 그래서 화자는 그 결별을 후회하고 있는 것일까요? 혹시 '그녀'는 돌아오지 못하는 것 아닐까요? 가령 죽어버려서! 위험한 일을 하다가 결국 위험에 빠져서! 혹은 초월해버려서! 어느 쪽이든 돌이킬 수 없는 상실을 인정한 화자는 '그녀'가 거울 앞에 앉아 있던 모습을 떠올려봅니다. 거울 앞에 앉아 있는 '그녀'의 모습이 거울 속에 비칩니다, 예전과 똑같이. 어쩌면 여기서 거울은 실제 거울이 아니라 화자 자신에 대한 비유일 수도 있습니다. 거울이 된 화자가 자신의 내부에 '그녀'를 되살리는 것입니다. 거울 앞에는 아무도 없지만 거울 속에는 '그녀'가 있습니다. "그녀를 거울 속 늘 앉던 자리에 앉힌다"라는 구절의 울림은 미묘합니다.

> 창밖을 바라본다, 평생에 후회되는 일 생각하면
> 매화가 남산 가득 떨어진다

수미상관입니다. 시의 첫 부분과 달라진 점은 이제 매화가 남산에 가득 떨어진다는 것입니다. 후회할 때마다 매화가 떨어졌다고 친다면 얼마나 많은 후회를 한 것일까요? 떨어진 매화가 남산에 가득하니! 옛 시인 도연명은 국화를 따며 남산을 바라봤는데 현대의 시인 장짜오는 매화가 지는 남산을 바라봅니다. 시대의 차이도 크고 설정의 차이도 크지만 시인의 시선 자체는 많이 닮은 것 같습니다.

다시 읽어보니 "창밖을 바라본다"라는 구절이 눈길을 끕니다. 이 구절의 존재도 시의 첫 부분과 달라진 점입니다. 바로 앞 행의 "거울 속"이라는 말과의 조응이 이 구절을 특별하게 느끼게 해줍니다. 화자가 방 안에서 창을 통해 밖을 내다보고 멀리 남산을 바라보는 평범한 모습이지만, 그 모습에 거울 속의 '그녀'가 거울을 통해(이때 거울은 또 하나의 창이 됩니다) 거울 밖을 내다보는 모습이 겹쳐지는 순간 더 이상 평범하지 않은 장면으로 변하는 것입니다. 창밖을 바라보는 시선은 화자의 시선뿐만 아니라 거울 속 '그녀'의 시선도 암시하는 것 같습니다. 이 구절에 대해서는 제 반응이 과민한 것일 수도 있습니다.

뜻의 추적이 쉽지 않습니다. 억측을 피하지 못하기도 했을 것입니다. 하지만 뜻을 따져보지도 않고 키워드들을 단장취의해서 단편적이고 과잉된 해석으로 직접 건너뛰는 것은 좋은 시 읽기가 될 수 없다고 저는 생각합니다. 시를 계기로 해서 자신의 수필을 쓰는 것은 물론 가능하고 이렇게 해서 좋은 수필을 쓸 수도 있습니다. 그러나 그것은 수필 쓰기이지 시 읽기가 아닙니다.

황제라는 말을 사용한 데 대해 미심쩍어하는 장짜오에게 시인 바이화가 그 말을 오히려 강조해야 한다고 조언했다는 일화는 유명합니다. 독일 트리어대학에서 박사학위를 받고 횔덜린 시인의 모교인 튀빙겐대학에서 강의를 하기도 했던 장짜오가 2010년 튀빙겐대학병원에서 폐암으로 숨졌을 때 바이화가 장문의 추도문을 썼는데, 여기서 그 일화를 밝혔습니다. 그 말의 깊은 뜻을 생각할 필요가 없다, 깊은 뜻이 있다면 그것은 다른 사람들의 해석이다, 쓰는 사람은 관심을 가질 필요가 없다, 독자에게 충격을 주고 이 시의 깊은 후회의 심경과 긴장을 형성하는 데에 그 말이 매우 적절하다고 말해주었다는 것입니다. 그렇습니다. 하지만 저는 시인이 아니고 평론가이므로 뜻을 헤아리지 않을 수가 없습니다.

행복의 노래인가, 작별의 인사인가

하이즈海子(1)
(1964~1989)

76일간의 무한武漢(중국어 발음은 '우한') 봉쇄가 해제된 2020년 4월 8일, 유튜브에 중국 가수 리위춘의 노래 「바다를 바라보는, 꽃 피는 봄날面朝大海, 春暖花開」이 올라왔습니다. "힘내세요, 무한"이라는 응원의 말과 함께. 이 따스한 노래는 중국 시인 하이즈의 같은 제목의 시에 곡을 붙인 것입니다.

　　내일부터 나는, 행복한 사람이 되겠어요
　　말을 먹이고, 장작을 패고, 세상을 돌아다니며
　　내일부터 나는, 양식과 채소에 관심을 가질래요
　　바다를 바라보는 내 집에서, 꽃 피는 봄날에

이렇게 시작하는 시는 '나'가 바라는 행복이 세속적 욕망에서 벗어나 소박하고 자연 친화적인 삶을 사는 데 있다고 말하는 것처럼 보입니다. 그다음을 시인은 다음과 같이 씁니다.

> 내일부터 나는, 모든 지인에게 편지를 써서
> 그들에게 내 행복을 말해주겠어요
> 그 행복의 번갯불이 내게 알려준 것을
> 나 모든 이에게 알려줄래요

'나'가 얻은, 혹은 깨달은 행복을 지인들과 공유하겠다는 것일까요? 지인들도 자신처럼 그런 행복을 누리기를 바라는 것일까요? 아니면 '나'는 행복하니 안심들 하시라는 뜻일까요? 그다음에는 지인이 아니라 '낯선 이'가 등장합니다.

> 모든 강 모든 산에 따스한 이름을 붙여줄래요
> 낯선 이여, 나는 당신도 축복해줄래요
> 당신에게 찬란한 앞날이 있기를
> 당신이 연인을 얻어 마침내 부부가 되기를
> 당신이 속세에서 행복해지기를

'낯선 이'가 누구일까요? '나'가 바라는 소박한 삶이 속세에서 벗어난 것인 데 반해 '낯선 이'는 여전히 속세에 있는 것인데, '낯선 이'의 행복, 즉 속세의 행복은 '나'의 행복과는 다른 종류의 것일까요?

하여간 '나'는 '지인들'에게는 자신의 행복을 알려주려 하고 '낯선 이'에게는 속세의 행복을 빌어주는 것이니까 '나'의 마음이 얼마나 따스한지 독자는 느낄 수 있습니다. 이 시는 하이즈 시 중에서 가장 밝고 따스한 시라고 많이 알려져 있기도 합니다. 행복의 메시지가 주제인 시로 2001년부터 중등교육과정 어문 교과서에 수록되기도 했습니다. 그러니 큰 고통을 겪은 무한 시민을 따스하게 위로하는 노래의 가사로서 매우 적절하다고 하겠습니다. 그런데 저는 리위춘의 노래가 따스하면서도 몹시 슬프게 느껴집니다. 왜 그럴까요?

이 시의 마지막 행은 다음과 같습니다.

내가 원하는 건 오직 바다를 바라보는, 꽃 피는 봄날

마지막 행은 현재입니다. 앞의 모든 진술은 다 미래입니다. 내일 이루어지기를 바라는, 혹은 이루어지리라 예상되는 일들에 대해 진술한 것입니다. 지인들에게 통지하는 것도, '낯선 이'의 행복을 빌어주는 것도 다 미래의 일입니다. '낯선 이'에 대한 축복은 문법적 외관만 볼 때는 현재로 볼 수도 있겠으나 문맥을 볼 때 미래가 더 적합하다고 생각됩니다. 강과 산에 이름을 붙여준다는 바로 앞 행이 그 앞 연 마지막 행 "나 모든 이에게 알려줄래요"에 걸릴 수 있다는 점을 감안하면 더욱 그렇습니다. '강과 산에 이름을 붙여주세요'라는 명령문으로 보는 건 아무래도 이상합니다. 이 시에 대한 종래의 해석들은 몹시 다양하고 그중에는 이 축복을 현재로 보는 해석자도 있습니다. 그 밖에도 저의 해석과는 조금씩, 혹은 크게 다른 해석이 많이 존재합니다. 그런 차이들을 일일이 살펴볼 자리가 아니므로, 여기서 저는 제 느낌을 따라 솔직하게 읽어나갈 따름입니다. 제 느낌을 기준으로, 앞의 모든 진술을 다 미래라고 본다면, 현재는 내일의 행복에 비해 볼 때, 행복의 부재가 특징인 것입니다. 심지어 통지도 축복도 현재의 일이 아닌 것입니다. 현재는 불행이고 내일은 행복인 것입니다. 이 시는 과연 행복을 말하고 있는 것일까요, 반대로 불행을 말하고 있는 것일까요?

'낯선 이'에 대해서도 시인의 생애와 연관시켜볼 여지가 있습니다. 시인의 여자친구가 중국을 떠나, 바다 건너 미국으로 갔다고 합니다. 바다를 건너서 말입니다. '낯선 이'라는 말은 반어적 표현이고, 사실은 그 여자친구, '나'를 떠나간 여자친구를 가리키는 것일 수도 있겠죠. 어느 지인보다도 더 가까웠을지도 모르는 사람이 갑자기 '낯선 이'가 된 셈이죠. 바다를 바라보고 싶어 하는 것은 그 여자친구를 그리워하기 때문일까요?

그러나 저에게 가장 중요했던 것은 '바다를 바라보는, 꽃 피는 봄날의 집'이라는 이미지가 바닷가 언덕의 양지바른 무덤을 연상시켰다는 점입니다. 실제로 이 시가 씌어진 것이 1989년 1월이었고 그로부터 두 달 뒤에 만 25세의 젊은 시인이 자살을 하였으므로 이 사실을 안다면 이런 연상은 조금도 이상하지 않습니다. 그런데 시인의 자살에 대해 모르더라도, 혹은 이 시가 죽음 두 달 전에 씌어졌다는 사실을 모르더라도 그런 연상은 얼마든지 가능합니다. 저는 시인의 자살은 알고 있었지만 이 시가 언제 씌어진 것인지는 모르는 상태에서 이 시를 처음 읽었습니다.

사실 소박한 삶, 자연 친화적인 삶의 행복에 대한 동경은 예전부터 수없이 반복되어온, 그래서 그 자체만으로는 이미 한참 진부해진 것입니다. 웬만해서는 진부함을 벗어나기 어렵습니다. 하이즈의 이 시에서 화자가 원하는 '바다를 바라보는, 꽃 피는 봄날'이 죽음의 세계라면, 죽음을 결심한, 혹은 죽음을 예감한, 혹은 죽음의 유혹을 느끼는 화자가 지인들과 '낯선 이'에게 작별을 고하는 것이 이 시의 진정한 내용이 될 것입니다. 그렇다면, 소박한 삶, 자연 친화적인 삶이란 것이 이제 현실에서는 완전히 불가능해졌고, 그리하여 죽음의 세계에서 그것의 실현을 상상하게 된, 그리고 현실에서의 세속적 삶은 더 이상 견딜 수 없게 된, 그런 너무나도 절박하고 비극적인 실존의 상황을 우리는 이 시에서 엿볼 수 있습니다. 아니, 그것은 소박한 삶이나 자연 친화적인 삶이라고 말해버릴 것이 아닐 수도 있습니다. 15세까지 안휘성 농촌에서 아버지의 농사일을 도우며 자랐던 하이즈에게 그것은 유년기 농경 체험에 대한 회상, 그 체험 속에 담긴 행복의 원체험에 대한 환기, 실낙원에 대한 그리움 같은 것이라고 말해야 하지 않을까요?

제목의 "바다를 바라보는, 꽃 피는 봄날"이라는 말이 시 안에서 두 번 등장합니다. 앞의 것이 제가 "바다를 바라보는 내 집에서, 꽃 피는 봄날에"라고 번역한 것인데, 원문은 "我有一所房子, 面朝大海, 春暖花开"이고 문자 그대로 옮기면 "나는 바다를 향해 있는, 따뜻한 봄에 꽃이 피는 집 한 채를 가지겠어요"가 됩니다. 시제는 미래입니다(이 집이 아직은 없습니다. 문법적 외관만으로는 현재라고 볼 수도 있지만 문맥상 미래가 적합하다고 생각합니다). 우리말로 리듬을 살리고자 하니 제가 선택한 번역이 나오게 되었습니다. 리위춘의 노래에 한국어로 가사를 붙인다면 '내게는 집 한 채, 바다를 바라보는, 꽃 피는 봄날의'라는 번역이 좋을 수도 있겠습니다. 아무튼 여기서는 '집'이 초점이고 '바다를 바라보는, 꽃 피는 봄날'은 그 집의 상태입니다. 그러나 마지막 행에는 '집'이 등장하지 않습니다. '바다를 바라보는, 꽃 피는 봄날'이라는 상태 자체가 초점입니다. 만약 '집'이 무덤의 은유라면 '바다를 바라보는, 꽃 피는 봄날'은 죽음의 세계의 은유일 것입니다. 무덤과 죽음이 이토록 따스하게 그려진 데에서 저는 오히려 더 큰 슬픔을 느낍니다.

무한을 응원하는 따스한 노래가 슬프게 느껴지는 것은 그 곡조에도 이유가 있겠지만, 우선은 그 노랫말 때문입니다. 그리고 무한의 상황도 슬픔의 이유가 됩니다. 노랫말 '바다를 바라보는, 꽃 피는 봄날'은 재난을 벗어나 회복한 정상적 삶이라는 밝고 따스한 의미를 갖겠죠. 그러나 하이즈의 원시를 통해 가만히 들여다보면 그것은 너무나 슬픈 이미지로 보이는 것인데, 이것이 봉쇄는 풀렸지만 그사이에 치른 수많은 희생, 그리고 봉쇄 해제 이후에도 여전히 계속되는 어두운 그림자와 겹쳐지는 것입니다.

'面朝大海, 春暖花開'라는 여덟 자가 중국에서는 전원주택 광고에서 많이 사용된다고 합니다. 아, 그렇게 전용될 수도 있구나. 죽음의 세계와 소비의 세계 사이의 거리가 그렇게 짧을 수도 있구나. 하지만 그 여덟 자가 죽음의 이미지인 줄은 모르는 채 그저 행복의 이미지라고 믿고서 그러는 것이겠지요.

그 광고들과는 달리, 리위춘의 노래를 작곡한 분도, 노래를 부른 리위춘도 그 여덟 자의 심층에 숨어 있는 슬픔을 충분히 감지하고 있는 것 같습니다, 예술가답게!

죽음과의 마지막 싸움

하이즈(2)

「봄, 열 명의 하이즈春天, 十個海子」는 하이즈 시인의 마지막 작품입니다. 유고에 '1989. 3. 14. 새벽 3~4시'라고 부기된 것을 보면 시인이 죽기 12일 전에 쓴 것입니다. 앞의 글에서 살펴본 시 「바다를 바라보는, 꽃 피는 봄날」은 이보다 두 달 전에 쓴 작품입니다. 두 시편이 매우 다릅니다. 거의 상반된다고 할 정도로요.

봄, 열 명의 하이즈가 모두 부활한다

환한 풍경 속에서

이 야만스럽고 슬픈 하이즈 한 명을 비웃는다

너 이렇게 오래 깊이 잠자는 건 대체 무얼 위해서니?

부활한 열 명의 하이즈가 한 명의 하이즈를 비웃습니다. 하이즈가 전부 열한 명입니다. 자아의 분열이죠. 둘도 아니고 열하나이니 다중인격을 연상시키는데, 죽기 전에 하이즈가 조현병을 앓았던 것과 관련될 수 있습니다. 부활이라는 말로 보아 전에 있다가 한동안 사라졌던 분열 증세가 다시 나타난 것이라고 이해할 수도 있습니다. 열 개의 자아가 하나의 자아를 비웃습니다. "너 이렇게 오래 깊이 잠자는 건 대체 무얼 위해서니"라는 직접화법으로 제시된 질문은 누구의 질문일까요? 첫 연 안에서만 보면 자연스럽게, 열 명의 하이즈가 야만스럽고 슬픈 이 한 명의 하이즈에게 묻는 것으로 읽힙니다. 하지만 다음 연에 등장하는 '나'의 존재와 마지막 연 마지막 행의 '너'에 대한 질문에 비추어 보면 시의 화자 '나'가 묻는 것으로 볼 수도 있습니다.

봄, 열 명의 하이즈가 나지막이 으르렁댄다
너와 나를 둘러싼 채 춤추고, 노래한다
너의 검은 머리칼을 잡아당긴다, 너를 올라타고 나는 듯이 달려간다, 흙먼지가 날린다
너의 쪼개지는 아픔이 대지에 가득하다

시의 화자 '나'가 직접 등장합니다. '나'는 한 명의 하이즈를 '너'라고 부를 뿐만 아니라, '너'와 함께 열 명의 하이즈에게 둘러싸입니다. 하지만 열 명의 하이즈는 '너'에게만 작용을 하고 '나'에 대해서는 아무런 작용을 하지 않습니다. '나'에 대한 인지 자

220

체가 없는 것 같습니다. 화자 '나'는 한 명의 하이즈와 열 명의 하
이즈의 분열을 지켜보는 또 하나의 하이즈, 관찰하고 진술하는
또 하나의 자아입니다. 열 명의 하이즈는 한 명의 하이즈를 위협
하고 괴롭힙니다. 한 명의 하이즈는 너무나 고통스럽습니다. 그걸
또 하나의 자아가 바라봅니다.

> 봄에, 야만스러운 복수하는 하이즈
> 이 한 명이 남는다, 마지막 한 명이
> 그는 검은 밤의 아들, 겨울에 잠긴 채, 죽음을 동경한다
> 벗어나지 못한다, 텅 빈 추운 시골을 열렬히 사랑한다

　　한 명의 하이즈는 복수를 했습니다. 즉, 열 명의 하이즈를 다
없애버렸습니다. 원래부터 있던 한 명의 하이즈, 즉 야만스럽고
슬픈 하이즈만 남았습니다. 화자 '나'도 퇴장했습니다. 봄의 환한
대낮에 부활한 열 명의 하이즈와는 달리 이 유일한 하이즈는 밤
에 속하고 겨울에 침잠하는 존재로서 죽음을 동경합니다. 그 침
잠과 동경에서 벗어나지 못합니다. 동시에 이 하이즈는 시골에
대한 열애로부터도 벗어나지 못합니다. 뒤에 나오는 시골에 대한
열애는 앞에 나온 겨울에의 침잠, 죽음에의 동경과 의미상의 동
격입니다. 하지만 그 열애는 시골에 대한 것이지 텅 빔과 추움에
대한 것이 아닙니다. 시골이기 때문에 텅 비고 추워도 사랑하는
것이죠. 시골의 본래 모습은 그렇지 않았습니다. 그 본래 모습은

다음 연에서 회상됩니다.

> 그곳의 곡식은 높이 쌓여, 창을 가렸다
> 그것들 절반은 한 가족 여섯 식구의 입에 쓰여, 먹어서 위를
> 다스렸고
> 절반은 농사에 쓰였는데, 그들은 스스로 번식했다
> 큰 바람이 동에서 서로 불고, 북에서 남으로 불며, 검은 밤과
> 새벽을 무시한다
> 네가 말하는 서광은 대체 무슨 뜻이니

농촌에서 살던 어린 시절, 그때 그곳의 곡식은 사람의 삶을 지속 가능하게 해주고 농사를 지속 가능하게 해주었습니다. 스스로 번식한 '그들'은 사람과 농작물을 이중으로 가리키는 것으로 생각됩니다. 담담하게 진술하고 있지만 이 진술이 뜻하는 것은 어떤 긍정적 의미입니다. 행복일 수도 이상理想일 수도 있겠습니다. 그러나 그것은 과거의 것일 따름입니다. 지금은 밤에도 새벽에도 큰 바람이 계속 부는, 텅 빈 추운 시골입니다. 마지막 행에서 직접화법으로 제시되는 질문은 누가 누구에게 하는 질문일까요? 시의 화자가 남은 한 명의 하이즈에게? 그렇게 본다면 남은 한 명의 하이즈 '너'는 밤과 겨울과 죽음에서 벗어나지 못하면서도 여전히 서광의 의미를 포기하지 않은 것이고, 그런 '너'에 대해 화자가 회의를 표시하는 것이 됩니다. 서광이 원래 뜻하던 것,

이를테면 희망은 이미 사라져버렸다는 것입니다. 희망 없는 무의미한 세계만 남았다는 것입니다.

　이상으로 시의 처음부터 끝까지 일독을 했지만 몇 가지 의문이 남습니다. 첫째, 첫 연의 마지막 행과 마지막 연의 마지막 행이 똑같이 직접화법의 의문문으로 되어 있는데, 혹시 이 두 질문이 다 화자 '나'의 질문일 수는 없을까요? 뒤의 것만 화자 '나'의 질문이고 앞의 것은 역시 열 명의 하이즈의 질문인 것으로 봐야 할까요? 둘째, 시 전체에 걸쳐서 화자가 고정되어 있는 것일까요? 아니면, 화자의 부분적인 교체가 있는 것일까요? 첫번째 의문은 답에 따라 생기는 차이가 그렇게 큰 것 같지 않지만, 두번째 의문은 크고 다양한 차이가 가능할 것 같습니다. 앞에서 진행한 우리의 읽기는 관찰하고 진술하는 자아를 시 전체에 일관되는 화자로 보았습니다. 그런데 앞 세 연의 화자는 관찰하고 진술하는 자아이지만 마지막 연에서는 남은 한 명의 하이즈로 바뀐다고 볼 수 없을까요? '그가 말한다'라는 말을 마지막 연 앞에 붙여보면, 마지막 연은 극중 인물의 독백과 같은 모습이 됩니다. 앞 세 연에서는 한 명의 하이즈에 대한 관찰이나 진술이 행해지는 데 반해 마지막 연에서는 그런 관찰이나 진술은 나타나지 않고 과거의 시골에 대한 회상과 현재의 큰 바람에 대한 묘사만 행해지기 때문에 이런 식의 파악도 가능해집니다. 그러면서 또 하나의 의문이 생겨납니다. 마지막 행의 "네가 말하는 서광은 대체 무슨 뜻이니"에서 '너'는 누구인가 하는 의문. 두번째 연에 등장하기까지

했던 화자 '나'를 가리키는 것일까요? 아니면, 지금 말하고 있는 한 명의 하이즈 자기 자신일까요? 의문을 품을수록 이 시는 점점 더 복잡한 시로 변합니다. 앞에서 진행한 우리의 읽기는 가장 간명한 읽기라고 할 수 있습니다.

열 명의 하이즈가 무엇을 뜻하는지에 대해서는 다양한 의견들이 제출된 바 있습니다. 저는 그중 어느 것 하나를 선택하는 대신에, 열 명의 하이즈가 무엇을 의도한 것인지, 열 명의 하이즈를 겪은 뒤 한 명의 하이즈에게 어떤 변화가 나타났는지를 묻고 싶습니다. 열 명의 하이즈의 의도는 무엇이었을까요? '깊은 잠'에서 깨어나라는 것일까요? 으르렁대고 춤추고 노래하고 머리칼을 잡아당기고 말 타듯 올라타는 것은 한 명의 하이즈를 깨우기 위한 것일까요? 잠자는 걸 깨운다는 모티프로 중국에서 가장 유명한 것은 루쉰의 '쇠로 만든 방' 이야기입니다. 사방이 막힌 철제 방에 갇힌 채 혼수상태로 죽어가는 사람들을 깨워야 하느냐 말아야 하느냐. 깨어난 자들이 쇠로 만든 방을 부술지 더 큰 좌절에 부딪힐지는 알 수 없습니다. 한 명의 하이즈는 깊은 잠에서 깨어났지만 검은 밤에 속하는 존재로서 겨울에의 침잠과 죽음에의 동경을 벗어나지 못하고 있습니다. 어디까지가 열 명의 하이즈의 의도였을까요?

저는 이 시가 어두운 분위기이지만 삶에 대한 미련이 역력하다고 느낍니다. 죽겠다는 선언이나 죽고 싶다는 표명이 아니라 오히려 죽음으로부터 멀어지고 싶은 마음의 움직임과 그로 인한 갈등이 느껴집니다. 열 명의 하이즈가 벌이는 광란의 파티는 죽음을 이겨내려는 일종의 푸닥거리가 아닐까요? 열 명의 하이즈가 한 명의 하이즈에게서 삶의 의미를 빼앗아 갔다거나 죽음을 요구했다고 보는 해석도 있는데 저는 이런 해석에 공감이 가지 않습니다. 오히려 그 반대일 수 있습니다. 열 명의 하이즈의 출현이 단지 부정적인 의미만을 갖는 것은 아니라고 생각됩니다. 결국 실패했지만, 그것은 죽음과의 마지막 싸움이었는지도 모릅니다. 열 명의 하이즈는 위기를 느낀 자아가 불러낸 우군이었던 것입니다.「바다를 바라보는, 꽃 피는 봄날」이 밝은 분위기임에 반해 그 속에 담긴 것은 죽음의 유혹이었다면,「봄, 열 명의 하이즈」는 정반대라고 할 수 있습니다.

세번째 연의 "黑夜"를 '어두운 밤'이나 그냥 '밤'으로 번역하지 않고 굳이 "검은 밤"이라고 옮기는 것은 이 말이 구청顧城 시인에게서 나와 자이융밍翟永明에게도 가고 하이즈에게도 갔다고 보기 때문입니다.

열쇠는 찾았지만 방은 비었다

어우양쟝허歐陽江河
(1956~)

후몽롱시를 대표하는 시인 중 하나인 어우양쟝허가 이 이름으로 시를 발표하기 시작한 것은 1985년의 일입니다. 그의 본명은 쟝허인데, 몽롱시의 시인 위여우쩌가 이미 쟝허라는 이름을 필명으로 사용하고 있었기 때문에 그가 오히려 자기 이름을 포기하고 어우양쟝허라는 필명을 사용하게 되었다고 합니다.

난해하다는 의미에서의 몽롱시 및 후몽롱시를 이야기할 때 베이다오나 천둥둥과 더불어 첫손에 꼽을 시인이 바로 어우양쟝허입니다. 그는 스스로 밝힙니다, 애매함 자체가 하나의 목적이라고. 의도적으로 독자가 분명한 하나의 의미로 읽을 수 없도록, 다양한 해석이 가능하도록 시를 쓴다고 말이죠. 오늘은 베이다오의 시 「회답」과 연결되는 어우양쟝허의 시 한 편을 읽어보겠습니다. 1991년 작 「일요일의 열쇠星期日的鑰匙」입니다. 먼저 처음 두 연을 보겠습니다.

　　열쇠가 일요일의 햇빛 속에 흔들린다,
　　한밤중에 돌아온 사람은 자기 집에 돌아가지 못했다.
　　열쇠가 열쇠 구멍으로 들어가는 소리는, 노크 소리처럼
　　그렇게 멀지 않고, 꿈속의 주소는 더욱 믿음직하다.

　　내가 교외의 도로를 횡단할 때, 모든 전조등이
　　갑자기 꺼졌다. 내 머리 위의 끝없는 별하늘에서
　　누군가 자전거 브레이크를 잡았다. 기울어짐,
　　1초의 기울어짐. 나는 열쇠가 땅에 떨어지는 소리를 들었다.

　　얼핏 외형만 보면 네 행으로 된 연 네 개라는 구성이 스즈의
「미래를 믿는다」나 베이다오의 「회답」과 닮았지만, 자세히 들여
다보면 리듬이 매우 다릅니다. 인용한 여덟 행 중에서 네 행이 양
행걸침으로 처리되었습니다. 양행걸침을 인지하지 못하면 오독을
하게 마련입니다. 예컨대 1연 3행의 끝 "不像敲門聲"과 다음 행
처음 "那麽遙遠" 사이를 끊어 읽게 되면 '열쇠 소리는 노크 소리
와 달리 아주 멀다'가 됩니다. 하지만 이 부분은 양행걸침이므로
붙여 읽어야 하고, 붙여 읽으면 '열쇠 소리는 노크 소리처럼 그렇
게 멀지 않다'가 됩니다. 뜻이 반대가 되어버리는 거죠. 양행걸침
은 소리의 리듬과 의미의 리듬 사이에 불일치를 초래해 시에 긴

장을 조성합니다. 이 긴장이 너무 없으면 리듬이 밋밋해져서 시가 아니라 속담이나 표어가 되어버리고, 너무 커지면 리듬이 붕괴되고 시가 파괴됩니다.

이 시는 양행걸침의 빈번한 사용과 더불어, 시간의 혼란, 사실과 기억·꿈·환상의 표지 없는 혼재가 특징입니다. 그래서 쉽게 이해가 되지 않습니다. 타계한 후몽롱 시인 장짜오가 독일어로 쓴 자신의 박사논문에서 이 시를 자세히 해설한 적이 있습니다. 그에 따르면, 열쇠는 이미 죽은 친구 시인의 주소 입구를 지키는 것이고, 별하늘로空은 몽롱시에서 죽은 영령英靈들의 소재所在를 상징하는 장소이고, 별하늘에서 자전거 브레이크를 잡고 열쇠를 떨어뜨리고 그 열쇠를 '나'가 줍는다는 것은 친구가 남긴 시적 유산을 접수한다는 것이며, 그 열쇠는 믿을 만한 꿈속의 주소를 열 수 있습니다. 장짜오는 세번째 연부터 열쇠가 여러 해 전에서 이번 일요일로 돌아온 기억의 이미지가 되어 실체성을 상실한다고 보았습니다(이 시에서 열쇠는 물론 비유입니다). 바꿔 말하면 처음 두 연은 여러 해 전의 과거이고 여기서의 열쇠는 실체성을 갖는다는 것이죠. 그런데 이렇게 보려고 하면 1연이 문제가 됩니다. 1연도 과거일까요? 2연에서 열쇠를 잃어버린 사람과 1연 둘째 행에서 한밤중에 돌아왔지만 귀가를 완성하지 못한 사람은 동일인일 것입니다. 열쇠가 없어서 자기 집에 들어가지 못한 것이죠. 과거입니다. 그렇다면 1연 첫 행에서 일요일의 햇빛 속에 흔들리는 열쇠를 보는 사람은 누구인가요? 또 언제 보는 것인가요?

1연 3, 4행에서 열쇠를 열쇠 구멍에 넣으며 주소가 맞다고 확신하는 사람은 누구인가요? 또 언제 넣는 것인가요? 다음 두 연을 마저 읽고 나서 다시 따져봐야겠습니다.

여러 해 전의 열쇠 꾸러미가 햇빛 속에 흔들렸다.
나는 그것을 주웠지만, 알지 못했다 그것의 주인이
어느 곳에 사는지. 토요일 이전의 모든 날엔
다 잠겨 있었고, 나는 몰랐다 어느 걸로 열어야 하는지.

지금은 일요일. 모든 방이
전부 다 신비롭게 열린다. 나는 열쇠를 던져버린다.
어느 방에 들어가나 다 노크할 필요가 없다.
세상은 붐비는데, 방 안은 텅 빈 채 아무도 없다.

세번째 연에서 '나'는 햇빛 속에 흔들리는 열쇠 꾸러미를 발견하고 주웠습니다. 그 열쇠 꾸러미는 여러 해 전의 것입니다. 열쇠를 주운 이 '나'는 첫번째 연에서 열쇠를 열쇠 구멍에 넣는 사람과 동일인인 것 같습니다. 그런데 이 '나'는 열쇠 주인의 주소를 몰라서 토요일까지는 열쇠를 사용하지 못했습니다. 그러다가 일요일이 된 이 날, 믿을 만한 "꿈속의 주소"를 얻은 '나'는 이 열쇠를 사용하는 것인데, 그것이 첫번째 연입니다. 그다음은 마지막 연으로 연결됩니다. 모든 방이 다 열립니다. 문을 다 연 '나'는 열쇠를 던져버립니다. 방에는 아무도 없습니다.

이렇게 읽으면 하나의 이야기가 성립됩니다. 그리고 두번째 연의 중요성이 부각됩니다. 교외의 도로를 건너가는 '나', 갑자기 자동차들의 전조등이 다 꺼지고, 공중에서 들려오는 자전거 핸드 브레이크를 급히 잡는 소리, 그리고 순간의 기울어짐, 열쇠 떨어지는 소리. 이것이 꼭 여러 해 전 과거의 일일까요? 이것이 꼭 사실일까요? 혹시 꿈이거나 몽상, 환상 같은 것이 아닐까요? 이것은 에피퍼니epiphany, 즉 현시顯示의 순간이 아닐까요? 그렇다면 현시된 것은 열쇠입니다. 현시의 순간이 지난 뒤에, '나'의 눈앞에서 일요일의 햇빛 속에 열쇠가 흔들리는 것입니다. 바로 첫번째 연 첫 행입니다. 그렇다면 두번째 연은 여러 해 전 과거의 일이 아닙니다. 여러 해 전에 친구가 죽으면서 열쇠 꾸러미를 남겼고 그것을 '나'가 습득했다고 할 때, 습득한 것이 여러 해 전 그때인지 최근인지는 불분명하지만, 그 열쇠를 사용할 수 있게 된 것은 두번째 연에 묘사된 꿈-몽상-환상을 거친 뒤입니다. 그 꿈-몽상-환상은 친구의 죽음에 대한 추체험이고 사후적事後的 각성일 수 있습니다. 그것을 통해 친구의 유산이 계승되는 것입니다.

정리해봅시다. 시간 순서로 보면 세번째 연이 제일 먼저입니다. 열쇠를 주웠지만 사용을 못 합니다. 그다음이 두번째 연입니다. 추체험과 사후적 각성을 통해 열쇠를 계승합니다. 그러고서 첫번째 연에서 열쇠를 사용하고, 마지막 연에서 문이 열립니다. 지금 이 상태의 시와 이것을 시간 순서에 따라 배열했을 때의 모습은 어떻게 다른 것일까요? 쓸데없이 비틀어놓은 것에 불과할까요? 특별한 시적 효과가 있는 것일까요?

　주제상으로 보면 '일요일'이라는 말이 상징적 의미로 사용되고 있는 점에 주목할 수 있습니다. 장짜오 시인은 네번째 연의 "방"을 '존재의 비밀을 감춘 내재적 공간'이라고 해석했는데, 그 "방"이 텅 비어 있다는 점에도 주목할 수 있습니다. 또 "열쇠"에 대해서도, 이것이 량샤오빈의 유명한 시 「중국이여, 나의 열쇠를 잃어버렸어요」와 어떻게 연관되는지 살펴볼 수 있습니다(량샤오빈은 문혁 초기 홍위병 시절 이후에 열쇠를 잃어버립니다). 또 "별 하늘"에 대해서도, 그것을 베이다오의 시 「회답」에 나오는 '도금한 하늘에 나부끼는 그림자들'과 '하늘을 장식한 별들'에 비교해볼 수 있습니다. 다 흥미로운 주제들입니다만, 제게 가장 관심이 가는 것은 텅 빈 방입니다. 열쇠는 찾았지만 방은 비었다,라고 요약할 수 있겠습니다. 어떤 독자들은 이 시에서 힐링을 얻기도 합니다. 일주일 내내 붐비는 세상에서 살다가 일요일에 신비롭게 열린 텅 빈 방을 떠올리면, 그 이미지가 편안함을 준다는 것입니다. 텅 빈 방의 의미는 미리 주어진 고정적인 것이 아닌 듯합니다. 독자에 따라 다르게 나타날 것 같습니다. 위안이 될 수도 있고, 허무가 될 수도 있으며, 슬픔이 될 수도 있습니다. 저 자신은 무엇을 느끼는 걸까요? 가만히 들여다보니 몽롱하군요. 여러분들은 어떻습니까?

한밤중의 고백

란란藍藍
(1966~)

오늘의 중국 시단은 위로는 40년 전의 몽롱시 시인들에서부터 아래로는 최근 10년 사이에 새로 등장한 젊은 시인들에 이르기까지 여러 세대 시인들로 다채롭게 구성되어 있습니다. 최근 저는 중국의 시인과 평론가 몇 분에게 21세기 중국 시단에서 가장 주목할 만한 시인들을 추천해달라고 부탁드려 서른한 명의 시인 명단을 얻었습니다. 이 명단에서 저는 여러 이름을 새로 알게 되었는데, 그중 한 명이 란란 시인입니다. 1989년에 첫 시집을 펴냈고 1992년 제10회 〈청춘시회〉에 참가한 이래 활발한 작품 활동을 펼쳐 중국의 대표적인 여성 시인 중 한 명이 되었습니다. 시 쓰기 외에 이십대 중반부터 아동문학가로서도 활동해왔습니다.

「한 가지 일一件事情」은 1996년, 시인이 서른 살 때에 쓴 시입니다. 서른 살이라고 하면 한국에서는 1994년 가수 김광석이 부

232

른 노래 「서른 즈음에」(작사·작곡 강승원)가 생각나고, 같은 해 시인 최영미가 펴낸 시집 『서른, 잔치는 끝났다』가 생각납니다. 란란 시인은 이 시에서 서른 살이라는 나이를 언급하지 않았습니다. 이 시를 읽으면서 제가 서른 살을 연상하고 김광석의 노래와 최영미의 시집을 연상한 것은 매우 주관적인 반응입니다. 이 시가 보여주는 지극한 성찰의 태도가 저의 이러한 반응을 불러일으킨 것 같습니다. 여기서 서른 살은 꼭 서른 살에 국한되는 것이 아니라 성찰의 시간을 뜻하는 열린 숫자일 것입니다. 마흔 살이 될 수도, 쉰 살이 될 수도 있겠습니다.

불을 끄고
나는 책상 귀퉁이를 더듬는다
어둠 속에서

나는 고백하리라
한 가지 일을. 말하리라
그것의 경과를

밤입니다. 불을 끄니 방 안이 깜깜해집니다. 밤과 어둠이 여기서는 성찰의 시간으로 나타나고 있습니다. 어둠 속에서 책상 귀퉁이를 더듬는 것은 곧 자기 자신에 대한 성찰을 의미합니다. 그러자 시의 화자는 한 가지 일이 생각나고, 그 일에 대해, 그 일의 경과에 대해 고백하기로 결심합니다.

　　——이 세상의 나에 대한 실망
　　지금 그것이
　　내 육체 속으로 파고드는구나.
　　예전에는
　　그것의 믿음이　사랑이
　　내 육체 속에 남아 있었는데.
　　나는 말하기로 했어
　　실망이 그것의 핏덩어리를 토해내도록——

　　이 세상이 '나'에 대해 실망하게 된 것이 그 한 가지 일입니다. 그것(그 실망)이 지금 '나'의 몸을 아프게 파고듭니다. 예전에는 그것(이 세상)이 '나'를 믿고 '나'를 사랑했었고, 그 믿음과 사랑이 '나'의 몸속에 남아 있었는데 말이죠. 그래서 '나'는 결심합니다, 고백하기로. 그 일에 대해, '나'의 잘못에 대해. 내 몸속으로 파고드는 실망을 몸 밖으로 몰아내기 위해, 피를 토하듯 간절하게. 이 고백은 일종의 고해성사라고 할 수 있습니다.

　　어둠 속에서
　　감사한다 경청해준 어둠에
　　감사한다 깊은 밤에　내 주위 사방의

234

벽에 책걸상과 연민에.
비록 말은 없어도
너희들은 모르는 게 없지 —

고해성사는 하느님과 신부님 앞에서 행하는 것이고 하느님과 신부님 외에는 아무도 그 내용을 모릅니다. 이 시에서 '나'의 고백은 어둠과 밤 앞에서, 그리고 방 안의 벽 앞에서, 책걸상과 연민 앞에서 행해집니다. 그들은 '나'의 고백을 경청해주었고, '나'의 잘못을 다 알게 되었지만 비밀을 숨겨줍니다. 그래서 이 시는 독자에게 그 고백의 내용을 알려주지 않는 것입니다. 세번째 연은 고백하겠다는 의지의 표출이지 고백의 실제 내용이 아니고, 단지 고백과 참회를 통해 용서와 치유를 구하는 '나'의 모습을 보여줄 따름입니다. 그것이 오히려 독자의 마음에 더 큰 공명을 일으키는 것 같습니다. 독자는 따스한 위안을 받습니다.

이 시에서 또 하나 주목할 것은 그 리듬입니다. 중국어는 띄어쓰기를 하지 않는데, 이 시는 네 군데에서 일부러 띄어쓰기를 했습니다. 우리말 번역에서는 두 칸을 띄어서 그 자리를 표시했습니다. 첫 연의 "나는"—"책상", 셋째 연의 "믿음이"—"사랑이", 마지막 연의 "밤에"—"내 주위" "벽에"—"책걸상과" 중에서 처음 것은 주어 다음이고 나머지 셋은 동격의 나열입니다. 이 자리는 끊어 읽으면서 좀 긴 휴지를 두어야 합니다. 그것의 의미는 망설이기나 곱씹기, 그리고 강조하기인 것 같습니다. 쉼표로 처리하는 것과는 확실히 다르게 느껴집니다. 양행걸침의 사용도 눈에 뜁니다. 두번째 연의 첫 행과 둘째 행 사이, 그리고 둘째 행과 셋째 행 사이에서 동사와 목적어의 연결을 절단했고, 둘째 행은 앞 문장의 목적어와 뒤 문장의 동사를 그 사이에 마침표가 있음에도 강제로 한 행 속에 합쳐놓았습니다. 그리하여 무척 억세진 리듬은 화자의 감정이 급격히 고조되는 것을 간결하면서 긴장되게 표현합니다. 마지막 연의 셋째 행과 넷째 행 사이에도 교묘한 양행걸침이 나타납니다. 게다가 그 앞뒤에 띄어쓰기까지 배치했습니다. 감사의 대상이 깊은 밤, 내 주위 사방의 벽, 책걸상과 연민의 세 종류로 확실하게 구별되면서 "내 주위 사방의"는 앞의 "깊은 밤"에도 걸리고 동시에 뒤의 "벽"에도 걸리고 "책걸상과 연민"에까지 걸리며 구별되는 세 종류를 다시 하나로 합쳐줍니다. 예컨대 "감사한다 깊은 밤에/내 주위 사방의 벽에/책걸상과 연민에"라고 평범하게 쓰는 것과 비교해보면 그 차이가 얼마나 큰지 금세 알 수 있습니다. 이 시인의 리듬 감각은 섬세하기 짝이 없습니다.

말없이 내 말을 들어주는 벽과 책걸상이라는 이미지는 프랑시스 잠의 시 「식당」을 떠올리게 합니다. 첫 연을 인용해보겠습니다.

> 나의 식당에는 빛바랜 그릇장이 하나 있소.
> 그는 내 고모할머니들의 목소리도 들었고
> 내 할아버지의 목소리도 들었고

내 아버지의 목소리도 들었소.

　　그는 이 추억들을 잊지 않고 간직하고 있다오.

　　그가 아무 말도 하지 않는다고만 생각하면 잘못이라오.

　　나는 그와 이야기를 주고받으니까.

　　고모할머니들과 할아버지, 아버지의 목소리를 들었고 그 추억을 간직하고 있는 그릇장, 그 그릇장과 대화하는 시의 화자. 고백과 치유라는 경로를 통해 프랑시스 잠의 세계에 접근했거나, 반대로 잠의 세계를 통해 고백과 치유를 추구한 것이 란란의 시라고 할 수 있겠습니다. 같은 성찰의 시간이지만 "조금씩 잊혀져 간다/머물러 있는 사랑인 줄 알았는데/또 하루 멀어져간다/매일 이별하며 살고 있구나"라는 김광석의 노랫말과 "물론 나는 알고 있다/내가 운동보다도 운동가를/술보다도 술 마시는 분위기를 더 좋아했다는 걸"이라는 최영미의 시(「서른, 잔치는 끝났다」)가 고백의 내용을 직접 들려주는 것과 달리, 프랑시스 잠과 란란은 목소리의 내용과 고백의 내용을 드러내지 않았습니다. 잠과 란란에게서는 사람과 사물 사이의 교감이 중요한 시적 대상이 되고 있는 것입니다. 바로 이러한 모습이 란란의 아동문학과 연결되지 않을까 짐작해봅니다.

빗속에서 우는 공중전화부스

탕리 唐力
(1970~)

탕리 시인이 1999년에 쓴 시를 소개합니다. 제목은 "빗속의 공중전화부스雨中的話亭"입니다. 먼저 처음 세 연을 함께 읽어보겠습니다. 세 연이 각각 세 행, 두 행, 한 행으로 구성되어 행 수가 줄어들면서 일종의 리듬을 형성하는 것도 흥미롭습니다.

큰비가 억수 같았어
지난주 어느 한밤중, 나는 혼자
사람 없는 조용한 거리를 지나가다가

가느다란 울음소리를 들었어. 비 오는 밤에
울음소리가 내 마음을 붙잡았어

빗속의 전화부스였어! 울고 있었어

첫 행이 과거인지 현재인지가 불분명해 보입니다. 지금 시의 화자는 지난주에 있었던 일을 고백하고 있는 것인데, 큰비가 억수같이 오는 것이 고백하는 지금인지, 지난주의 그날인지, 혹은 둘 다인지 분명치 않은 것입니다. 다만 지난주의 그날에는 비가 온 것이 사실이므로 일단 과거로 번역했습니다.

그날 비가 계속해서 억수같이 퍼부었는지, 이따금 그치거나 가늘어져가면서 온 건지도 불분명합니다. "사람 없는 조용한 거리"라는 말이 이따금 비가 그치는 모습을 연상하게 하기는 합니다. 하여간 '나'는 거리를 지나가다가 가느다란 울음소리를 들었고, 울음소리가 나는 곳에 공중전화부스가 있는 것을 발견했습니다. '전화부스잖아! 울고 있는 게'라고 직접화법으로 옮기는 게 좋을지, 위에서처럼 간접화법이 좋을지 판단이 안 서지만 일단 간접화법으로 옮겨놓았습니다.

이 전화부스가 정말로 전화부스를 가리키는 것인지, 전화부스 안의 사람을 가리키는 것인지 의문이 생깁니다. 일단 전화부스를 가리키는 것으로 번역했습니다. 어쩌면 이 전화부스 혹은 전화부스 안의 사람은 시인 자신이고, 시의 화자가 그 시인을 바라보는 것일 수도 있겠습니다.

몽롱함이 겹쳐지고 있습니다. 불분명한 게 너무 많습니다. 그런데 그 몽롱함 너머로 거의 암호 같은 메시지가 하나 떠오릅니다. 2, 4, 6행의 마지막 구절들, 행 중간의 문장부호(차례대로 쉼표, 마침표, 느낌표) 다음에 나오는 구절들을 연결하면 '나는 혼자 我獨自 비 오는 밤에在雨夜 울고 있었어在哭泣'라는 하나의 문장이 성립됩니다. 원문으로는 세 구절 모두가 다 세 글자 구절입니다. 이 암호를 발견한 것은 2022년 2학기 학부 강의에서 이 시에 대해 발표한 이성훈 학생이었습니다. 이 암호를 중시하면 전화부스는 바로 시인 자신을 사물화하여 그린 것이라는 파악이 더욱 그럴듯해 보입니다.

그것의 소리는, 가볍고 미약하고
방대한 빗소리에 섞여 있었지만, 그 특유의 고통은
여전히 분간이 되었어, 그것은 울음소리였어

지금은 한밤중, 전화부스 하나가 눈물을 줄줄 흘리며
길가에 쪼그려 앉아 울었어

나는 멍청해졌어. 앞으로 다가가 그것을 위로하지 못했어
어떻게 그것을 위로해야 할지도 몰랐어
그것의 손을 잡아주고 싶었지만, 하지만
나는 몰랐어 전화부스의 사랑과 근심이 무언지

내가 아는 건 단지, 빗속에서 우는 전화부스가

나처럼 쓸쓸하고, 나처럼 슬프다는 것뿐

이 시는 처음 세 연이 차지하는 비중이 매우 큽니다. 처음 세 연에 대한 독해 방식을 결정하고 나면 나머지 네 연은 별로 어렵지 않게 읽힙니다. 방대한 빗소리 속에서도 감지되는, 울음소리 특유의 고통. 그 고통이 그 소리가 울음소리임을 분간시켜줍니다. 물론 시의 화자가 그 고통을 잘 알기 때문에 이런 감지와 분간이 가능하다고 할 수 있습니다. 그리고, 길가에 쪼그려 앉아 눈물을 줄줄 흘리는 전화부스. 이것은 세찬 비를 쫄딱 맞고 있는 모습의 묘사일 수 있습니다. 그것이 전화부스든 사람이든, 다른 사람이든 자기 자신이든. 시의 화자는 우는 자를 위로해주고 싶지만 위로해주지 못합니다. 우는 자의 사랑과 근심이 무언지 모르기 때문입니다. 이를 일종의 단절로 이해하고, 공중전화부스라는 것이 소통의 의미이면서 동시에 제한된 소통, 즉 단절의 의미를 가질 수도 있다는 점과 연결 짓는 것도 그럴듯하지만, 과잉 해석이 되어버릴까 걱정이 되기도 합니다.

마지막 연은, 또, 시제가 불분명합니다. '나'는 전화부스가 '나'처럼 쓸쓸하고 '나'처럼 슬프다는 것을 알 뿐이다,라는 이 진술은 전화부스 앞에서의 심정인가요, 이 시를 쓰고 있는 지금의 심정인가요, 혹은 둘 다인가요? 첫 연과 마지막 연이 시제의 몽롱함으로 수미상관을 이루고 있습니다.

너무 감상적이고 주관적이라는 평을 받을 여지가 있지만, 뒤집어 보면 현대인의 우울한 내면과 대면하는 예민한 감수성이라고 할 수 있습니다. 중국도 우울의 시대로 진입한 지 이미 오래된 것 같습니다.

공업적 사물에 대한 감각

정샤오츙鄭小瓊
(1980~)

현재 활동하는 중국 시인들 중 우리가 주목해야 할 시인 중 하나로 여성 시인 정샤오츙을 소개하고 싶습니다. 1980년 사천성의 한 농가에서 태어난 정샤오츙은 위생학교(고등학교에 해당되는 중등전문학교)를 졸업한 뒤 잠시 시골 의원에서 근무하다가 2001년에 광둥성으로 가서 농민공 생활을 시작했습니다. 고된 노동 속에서 시 쓰기가 취미였던 그녀는 잡지에 시를 투고하곤 했는데, 한 편집자의 눈에 띄어 장시 「노동, 파란만장한 단어」를 2003년에 발표하게 되었고 이 시를 통해 시단에 널리 알려지게 되었습니다.

그러나 그녀는 여전히 노동 현장에서 계속 일을 하며 시를 썼습니다. 2007년에 그녀가 인민문학상 신조산문상을 받았을 때 동관시 작가협회에서 그녀에게 작가협회 직원으로 일할 것을 권유했지만 거절했는데, 이유는 노동 현장을 떠나지 않겠다는 것이었습니다. 2009년부터 광저우의 『작품』이라는 문학잡지에서 편집자로 일하기 시작했습니다. 그 뒤로 정샤오충은 여러 권의 시집을 출판했고 여러 차례 문학상을 받았으며 세계적으로도 이름이 널리 알려지게 되었습니다.

정샤오충은 2019년 가을에 인천에서 열린 제1회 한중일 청년작가회의에 참석했습니다. 저는 그 회의의 조직위원 일을 맡았고 그래서 그때 그녀를 만날 수 있었습니다. 그때 그녀가 자신의 시를 낭송하던 장면이 생생하게 떠오르는군요.

여기서 우리가 읽을 시는 「서른일곱 살의 여공三十七歲的女工」(2004)입니다.

　얼마나 많은 나무가 잎을 떨어뜨리고 있는지　얼마나 많은
사람이 노쇠해가고 있는지
　등불이 별을 비추는 밤　10월의 굉음 사이에서
　들린다 몸 안의 뼈와 얼굴 위의 나이테가
　하루　하루　늙어가
　느슨해진 낡은 작업대처럼
　가을에 침묵하는 소리가

처음 여섯 행입니다. 두번째 행의 원문은 '등불이 비추는 별'인데, 그 뜻이 밤이라는 데에 있으므로 약간 과잉이지만 밤이라

는 말을 노출시켜 번역했습니다. "10월의 굉음"에서 "10월"은 이 시 전체의 시간적 배경이 가을이기 때문에 10월인 것이지 굉음의 직접적인 이유는 아닙니다. 이 굉음은 공장의 굉음입니다. 가을밤에 가동되는 공장인 것이죠.

그다음에는 동질적인 것들이 병렬됩니다. 몸 안의 뼈, 얼굴 위의 주름, 느슨해진 낡은 작업대(머신 스테이션). 이것들은 전부 늙어가고 있습니다. 이것들의 노화는 가을이라는 계절과도 동질적 관계를 이룹니다. 이미 첫 행에서 나무의 낙엽과 사람의 노쇠를 병렬해놓았죠. 그런데 그것들은 침묵합니다. 공장의 굉음 속에서 시의 화자는 늙어가는 것들의 침묵에 귀를 기울입니다.

얼마나 많은 나사가 느슨해지고 있는지　얼마나 많은 철제
기계가 녹슬고 있는지
몸에 쌓인 피로와 고통이　화학약품의
유해 잔여 물질이 살과 뼈에
삶의 혈관과 신경에 뒤엉켜　남기는 마비 속의
질병　깊은 가을의 추운 밤처럼…… 깊어간다
깊어간다　너는 듣는다 나이가 바람의 혀끝에서 떠는 소리를
가을이 몸 밖에서 숨 쉬는 소리를　떠는 소리를

그다음 일곱 행입니다. 이 시인의 감각은 공업적 사물에 민감합니다. 이 시인의 감각에 포착되는 공업적 사물은 우리가 흔

히 공업에서 연상하는 것과는 무척 다릅니다. 여기서 보듯 우선 그것들은 소리 없이 느슨해지고 녹슬어가고 있습니다. 사람의 뼈와 얼굴이 그러하듯. 사람과 공업적 사물이 다르지 않습니다. 함께 늙어갑니다.

그런데 여기서는 늙어가는 데 그치지 않고 한 걸음 더 나아가 병들어갑니다. 공업적인 것의 독소毒素가 사람에게 침투하여 질병이 되는 것입니다. 이 질병이 정샤오충 시인에게는 보편적인 삶의 조건으로 인식됩니다. 그래서 이 질병은 깊은 가을의 추운 밤과 동질적인 것으로 상상됩니다. 갈수록 깊어가는 질병. 이제는 가을이 그 영향을 받아 사람처럼 떱니다. 사람과 공업적 사물과 자연이 다 함께 떱니다. 이 얼마나 무서운 장면인가요! 민감한 시인은 아마도 우리는 알아채지 못할, 혹은 막연히 느끼더라도 무시해버리고 말 그 떠는 소리에 귀를 기울입니다, '너'의 귀를 통해.

사원 모집 게시판 바깥 나이 18-35세
서른일곱 살 여공이 공장 문 밖에 서서

사원 모집 게시판 앞에 선 '너'. 그 게시판에는 모집 조건이 나이 18~35세라고 씌어져 있습니다. '너'는 37세이니 모집 조건 밖에 있습니다. 그래서 '너'는 게시판 바깥에 있는 것이고, 공장 문 밖에 있는 것입니다. 늙은 것입니다. 37세라는 자연적으로는

246

아직 젊은 나이에 제도적으로는 이미 늙어버린 것입니다. '너'가
나무를 바라봅니다.

> 고개 들어 나무를 바라본다 가을이 낙엽을 떨구는 중
> 낙엽은 이미 시간에 녹슬었고 직업병에
> 마비된 사지도 불규칙한 호흡도…… 녹슬었다
> 십몇 년의 시간이 녹슬어 남긴 것은 늙음……
> 낙엽 같은 늙음이…… 가을바람 속에서
> 떨고 있다

이제 시의 첫 행에 나왔던 낙엽이 다시 등장합니다. 나무에
서 떨어진 낙엽과 직업병에 마비된 몸이 다 녹슬었고 남은 것은
늙음입니다. 그 늙음이 가을바람 속에서 떨고 있습니다. 낙엽이라
는 것은 이미 나무에서 떨어져 나온 것입니다. 그러니 낙엽 같은
늙음이란 늙음에 그치는 것이 아니라 이미 죽음을 내포하고 있는
것이라 하겠습니다.

쉬룽이라는 이름의 여성 노동자를 관찰하며 그 관찰에 자기
자신을 동화시킴으로써 시인이 목소리 없이 죽어가는 수많은 쉬
룽의 목소리가 되는 「쉬룽」 같은 시가 이 시인의 특장이라고 할
수 있습니다. 「서른일곱 살의 여공」은 얼핏 보기에 「쉬룽」과는 달
리 시인 자신을 대상으로 한 것 같아 보이지만, 이 시의 화자가
'너'라고 부르는 37세 여공은 시인 자신이 아닌 다른 사람입니다.

시집 『여공기』의 후기에 그 사연을 밝히고 있습니다.

 이 시인의 발화 속에 담긴 수많은 여성 노동자의 목소리는 진실되다, 이렇게 한마디로 요약할 수 있겠습니다. 시의 중국어 원문은 시집 『여공기』(화성출판사, 2012)에 실린 것을 저본으로 삼았는데, 2연 마지막 행의 "身体在秋天外"는 편집상의 착오인 것으로 판단되어 『정샤오충 시선』(화성출판사, 2008)에 따라 "秋天在身体外"로 고쳤습니다. 또 원문은 구두점을 쓰지 않고 한 칸을 띄웠는데 이를 번역에서는 두 칸을 띄워 반영했습니다. 중국어는 띄어쓰기를 하지 않기 때문입니다.

세상에서 가장 슬픈 시

쉬리즈許立志(1)
(1990~2014)

2014년에 자살한, 노동자 시인 쉬리즈의 마지막 시 「혈육의 정 이야기親情故事」(2014)를 읽겠습니다. 폭스콘 조립 라인에서 일하다가 투신자살한 그는, 폭스콘과 애플의 문제라든지 노동자의 소외와 고통이라는 맥락에서 많은 논의의 대상이 되었습니다. 다 옳은 이야기이고 큰 이야기입니다. 그러나 이 시를 자세히 읽어 보면 그 옳고 큰 이야기로는 포착되지 않는 모습이 있어서 읽는 이를 압도합니다.

원제가 "친정親情 이야기"인 이 시는 「애정 이야기」 「우정 이야기」와 더불어 연작시 「고사삼칙故事三則」을 이룹니다. '친정' 이라는 우리말이 없어서 "혈육의 정"이라고 옮겼는데 "가족의 정"이라고 할 수도 있겠습니다. 이 시는 그냥 시부터 읽는 것이 가장 좋은 독법일 것 같습니다.

시작은 둘째 누나였죠
그다음은 큰누나
이어서 아버지
어머니가 그 뒤를 바짝 따르셨죠

처음 네 행은 작은누나, 큰누나, 아버지, 어머니, 이렇게 네 명의 혈육이 모두 이미 죽고 없다고 말합니다. 죽음의 순서대로. 가장 나이가 적은 사람이 제일 먼저 죽은 것입니다.

이 일들은 모두 여러 해 전의 일
지금 내 펜 아래 그들 다시 나타나도
그때 심장을 꿰뚫던 아픔은 이제 더 이상 없고
그 대신 약간의 놀라움

어머니가 돌아가신 지도 여러 해가 지났습니다. 시의 화자가 '그들'을 자신의 시 속에서 불러내고 있는 지금, '그들'이 죽었을 때 느꼈던 그 아픔은 더 이상 느껴지지 않고 대신 약간 놀랍니다. 왜 놀라는 것일까요?

그들 정말로 나의 세계에 존재했었나요
그들 정말로 나를 오래전에 떠났나요

250

내 스물네 해의 삶은

대체 누굴 위해 산 건가요

'그들'의 존재가 사실이 아니었던 것 같은 느낌이 들기 때문입니다. '그들'의 삶과 죽음이 다 허구였다면 지금까지 누구를 위해 산 것이냐고 시의 화자는 묻습니다.

이 가족은 허구인지도 몰라요

나의 네 명 혈육이 떠났을 때 나이처럼

한 살, 열두 살, 서른일곱 살, 마흔여덟 살

그들이 내가 스물네 살이 되는 걸 다 지켜볼 때

이 허구는 아마도 현실이 될 겁니다

'그들'의 죽음은 작은누나 한 살, 큰누나 열두 살, 아버지 서른일곱 살, 어머니 마흔여덟 살 때의 일입니다. 그런데 그게 전부 허구로 느껴지는 것입니다. '그들'이 '나'가 스물네 살이 되는 걸 다 지켜본다는 건 무슨 뜻일까요? 여기서 '다'는 '그들' 모두, 라는 뜻이 아니라 '그들'이 죽었을 때부터 '나'가 스물네 살이 되기까지의 시간 동안 '나'가 살아온 모습 전부를, 이라는 뜻입니다. 그러면 허구가 현실이 된다는 건 무슨 뜻일까요?

그런데 이 이야기를 시인의 실제 이야기라고 생각한다면 우리는 오해하는 것입니다. 이 시를 쓴 시인 쉬리즈와 이 시의 화자는 동일하지 않습니다. 시 속의 '나'와는 달리 시인 쉬리즈에게는 부모님이 생존해 계시고 형도 살아 있습니다. 시인의 페르소나가 가족을 다 여읜 상황인 것이고, 시인이 그런 페르소나를 택한 것입니다. 물론 그 선택에는 중요한 의미가 있습니다.

이 시와 더불어 연작시 「고사삼칙」을 이루는 다른 두 편의 시 중 「애정 이야기」에서는, '2013-2014'라는, 말미에 부기된 연도 표시로 보아 아마도 2013년부터 시작된 것으로 여겨지는 연애 이야기를 하는데, 이 연애도 페르소나의 연애이지 시인의 연애가 아닙니다. 시인의 아버지에 의하면, 시인도 여자친구를 사귄 적이 있지만 그녀가 대학을 졸업하고 은행에 들어간 뒤 헤어졌습니다 (「쉬리즈: 쇠로 만든 달을 삼키다」, 『중국청년보』 2014년 12월 10일자 참조). 「우정 이야기」에서는 친구 이야기를 하지만 그 친구는 다름 아닌 자기 자신입니다. 화자 '나'의 유일한 친구는 '나' 자신이고, 그래서 이 시의 말미에는 자신의 출생 연도에서 시작하여 '1990-2014'라는 연도 표기를 부기했습니다(「혈육의 정 이야기」의 말미에도 '1990-2014'라고 부기했습니다).

세 시편의 '나'가 반드시 동일 인물인 것은 아닐 수도 있지만, 「혈육의 정 이야기」의 '나'에게 삶의 의미의 근거가 가족인 것은 분명합니다. 다시 정리해서 살펴보면, 가족은 모두 이미 죽었고 이 세상에는 '나'만 혼자 남았습니다, 그래서 '나'는 묻습니다, '나'가 무엇을 위해 산 것이냐고. 부재하는 가족, 허구의 가족.

마지막 두 행에서 죽음이 암시됩니다. 스물네 살이 되면 아마도 '나'는 죽게 될 거고, 그러면 죽음의 세계에서 이 가족이 다시 현실이 된다는 것입니다. 이 세계에서는 허구이지만 죽음의 세계에서는 현실이 된다는 이 진술은 놀랍고 아프고 슬픕니다. 시인은 시 속의 '나'와 상황이 다르지만 그 상황의 다름 때문에 시인의 심리 상태가 오히려 더 핍진하게 드러납니다. 시가 지어진 때가 2014년 7월 21일이고 시인의 24세 생일은 그로부터 1주일 뒤인 7월 28일이었으며 시인의 죽음은 두 달 뒤인 9월 30일이었습니다.

시를 자세히 들여다보면 몇 가지 특징이 눈에 띕니다. 우선 양행걸침을 전혀 사용하지 않고 매 행의 독립성을 지키고 있다는 것. 또 연 구분은 하지 않았지만 네 행을 하나의 단위로 하여 네 단위로 구성했으며(마지막 단위는 다섯 행인데, 이는 나이를 나열하는 구절이 삽입되었기 때문입니다), 이 네 단위는 기승전결 구조로 짜여 있다는 것. 그래서 이 시의 형태는 매우 안정적이고 차분합니다. 내용상의 지극한 슬픔과 아픔은, 그리고 암시되는 죽음의 다짐은 이 형태상의 안정성과 맞물려 폭발하지 않고 제어됩니다. 이 시의 리듬은 제어의 리듬이고 그 리듬을 통해 예술적 승화가 실현됩니다. 그 제어의 리듬이 오히려 더, 독자의 마음을 아프게 하고 커다란 시적 울림을 줍니다.

시인은 이 시를 쓴 뒤로 죽기까지 두 달 동안 더 이상 시를 쓰지 않았습니다(혹은 못했습니다). 이것은 무엇을 뜻하는 걸까요? 2013년 12월에 씌어진, 두 행으로 이루어진 시「유제」가 암시를 줍니다.

　　죽고 싶을 땐
　　그대, 시를 쓰세요

　　죽음의 충동이 시 쓰기를 통해 제어되는 것인지, 아니면 시 쓰기가 죽음을 통해 완성되는 것인지 불분명합니다. 제 느낌은 제어 쪽을 향하지만, 「시인의 죽음」 같은, 이 시인의 다른 시편을 보면 완성 쪽도 성립할 것 같습니다. 시인은 그 둘 사이에서 불규칙적으로 흔들리고 있었던 모양입니다.

　　쉬리즈는 2011년 초에 일반 노동자로 폭스콘에 입사했고, 2014년 초에 퇴사한 뒤 다른 직장을 찾다가 9월 26일 폭스콘에 재입사했고, 그로부터 나흘 뒤에 폭스콘 빌딩 17층에서 허공으로 한 걸음을 내디디며 24년의 짧은 인생을 마쳤습니다. 이 간략한 요약만으로도 복잡미묘한 그의 속마음이 암시되는 것 같습니다.

　　앞서 살펴보았던 시 「바다를 바라보는, 꽃 피는 봄날」의 시인 하이즈가 쉬리즈에게 시의 스승이었습니다. 쉬리즈 초기 시에는 하이즈의 영향이 뚜렷이 나타납니다. 그 영향은 빠른 속도로 쉬리즈 자신의 목소리로 바뀌었지만, 두 시인의 시는 크게 보면 같은 세계에 속하는 것 같습니다. 외견상으로는 하나는 어둡고 하나는 밝아서 대조적이지만, 쉬리즈의 「혈육의 정 이야기」는 하이즈의 「바다를 바라보는, 꽃 피는 봄날」과 더불어 세상에서 가장 슬픈 시 중 하나라고, 저는 생각합니다.

농민공 시인들의 인터뷰로 제작된 다큐멘터리 필름 「나의 시편」은 쉬리즈의 죽음 이후에 완성되었습니다. 이 필름에 고 쉬리즈 시인 가족과의 인터뷰가 담겨 있습니다. 다음 링크는 이 필름의 예고편입니다.

「나의 시편」
예고편

21세기 중국의 광인일기

쉬리즈(2)

루쉰의 소설 「광인일기」가 나온 1918년으로부터 95년이 지
난 2013년 8월에 "광인일기 두 편狂人日記兩首"이라는 제목의 시
가 지어집니다. 앞서 '세상에서 제일 슬픈 시'에서 소개해드린 쉬
리즈 시인의 시입니다.

①
낯선 사람들이여 내 말 좀 들어봐요
그들이 내 각을 뜨려고 해요
그들이 싹싹 칼을 갈고 있어요
낯선 사람들이여 잠시 멈춰서 내 말 좀 들어봐요
그들이 내 각을 뜨려고 해요
그들이 곧 올 거예요

그들이 내 각을 뜨려고 해요

— 제1편 '그들이 내 각을 뜨려고 해요' 전문

②

나 아직 안 죽었어

너희는 왜 그렇게 즐겁게 웃니

내 유서가 아직 씌어지지 않았고 유산이 아직 분배되지 않았

는데

너희는 뭐가 즐거운 거니

내 혈관이 아직 파열되지 않았고 심장이 아직 썩지 않았는데

너희는 왜 그렇게 즐겁게 웃니

나 아직 미음도 마실 수 있고 호흡도 아직 끊어지지 않았는데

너희는 뭐가 즐거운 거니

나 아직 살아 있는데

너희는 어떻게 웃을 수가 있니

— 제2편 '너희는 왜 그렇게 즐겁게 웃니' 전문

①에서 '그들'이 푸줏간에서 소나 돼지를 잡듯 '나'의 각을
뜨려 하는 것은 '나'를 잡아먹기 위해서입니다. 그냥 죽이는 게
목적이라면 굳이 각을 뜰 필요가 없겠죠. ②에서 '나'는 '나'의 죽
음을 기다리며 웃고 있는 '너희'(즉, ①의 '그들')에게 '너희'가 바
라는 대로 죽어주지 않겠다고 선언합니다. 시의 제목부터 "광인

일기 두 편"이라 했거니와, 시의 화자는 루쉰 소설 「광인일기」의 일인칭 화자와 무척 닮았습니다. 그것이 망상이든 사실이든 사람들이 '나'를 잡아먹으려 한다고 판단하는 모습이 그렇고, 그 사람들에게 항의하는 모습이 또한 그렇습니다. 루쉰 소설의 광인이, 사람들이 자기들 손에 피 묻히지 않기 위해 '나'가 약해져서 스스로 죽게 되기를 기다리는 것이라고 추론하는 장면이 나오는데, 위 시의 ②는 이 장면과 유사합니다. 그러나 두 화자는 완연히 다르기도 합니다. 루쉰 소설의 '나'는 그 사람들에게 '사람을 잡아먹는 것은 옳지 않으니 더 이상 사람을 잡아먹지 말라'고 설득하려 한 데 반해 위 시의 '나'는 죽어주지 않겠다고 다짐하고 선언할 뿐입니다.

루쉰 소설의 광인은 자신도 알지 못하는 사이에 사람 고기를 먹었는지 모른다는 생각을 하게 되고, 그리하여 죄책감을 갖게 되고, 아직 사람을 먹은 적이 없는 순결한 아이들을 구해야 한다고 되뇌며 혼절하게 되지만, 결국은 병이 낫습니다. 병이 나은 뒤에 그는 어떤 삶을 살았을까요? 그가 관리에 임용되기 위해 어느 지방으로 갔다는 소식만 전해주고 소설은 더 이상 아무것도 알려주지 않습니다. 이를 두고 봉건적 현실과 타협한 것이라고 해석하기도 합니다만, 그렇게 간단히 규정할 문제가 아닌 것 같습니다. 루쉰 자신을 예로 보자면 신해혁명을 겪은 뒤 교육부 관리가 되었고 몇 년간 침잠의 시간을 거친 뒤에 「광인일기」를 썼으며 그 뒤로 18년의 삶을 비판적 계몽의 실천에 바쳤습니다.

하지만 「광인일기 두 편」을 쓴 백 년 뒤의 시인 쉬리즈는 죽어주지 않겠다는 자신의 다짐에도 불구하고 그로부터 1년 뒤에 스스로 목숨을 끊었습니다. 이는 시대적 차이가 아니라 단지 개인의 차이인 것일까요? 루쉰은 교육부 관리였고 쉬리즈는 폭스콘의 일반 노동자였으니 그들이 가진 '자본' 자체에 큰 차이가 있습니다. 그러니 개인의 차이가 없다고 할 수 없습니다. 하지만 시대의 차이 또한 없는 것이 아닙니다. 루쉰이 가리킨 식인자食人者는 봉건적인 문화와 사회구조였지만, 쉬리즈의 시 「광인일기 두 편」의 화자 '나'가 말하는 '그들'과 '너희'는 자본과 권력, 혹은 권력과 자본입니다. 어떠한 권력이든 어떠한 자본이든, 모든 자본과 모든 권력은 우리를 통제하고 관리하는, 감시하고 처벌하는, 그리하여 필경 잘 착취하는, 루쉰식으로 말하면 식인자입니다. 그리고 식인자로서의 능력은 백 년 전의 식인자보다 지금의 식인자가 훨씬 더 큽니다. 비교도 할 수 없을 만큼.

　　쉬리즈가 2014년 1월에 쓴 시 「한 개의 나사가 땅에 떨어진다」에, 마치 자신의 죽음의 방식을 예고하듯, 추락하는 나사가 그려집니다.

　　　한 개의 나사가 땅에 떨어진다

　　　이 잔업의 밤에

　　　수직으로 추락, 조그만 소리를 내지만

　　　누구의 주목도 끌지 못한다

마치 이전의

어느 똑같은 밤에

한 사람이 땅에 떨어진 것처럼

　원래 나사는 반복하면서 전진하는 것입니다. 전진이 아니라 후퇴하는 경우도 있습니다. 지난 백 년은 나사의 전진이었을까요, 후퇴였을까요? 쉬리즈의 나사는 전진도 아니고 후퇴도 아니고, 아예 나사의 길을 벗어나 추락해버렸습니다. 이 나사의 추락이 나사가 전진해왔다고 믿은 우리의 미망迷妄을 깨트립니다.

　중국의 록 밴드 디우라이카(丢莱卡, Wasted LAIKA)의 곡 「헛되이 울리는 대포」 가사에 이 시의 두 행 "나 아직 살아 있는데/너희는 어떻게 웃을 수가 있니"가 인용되었습니다. 밴드의 리드 보컬 투쿤난이 작사·작곡했는데, 그 가사는 쉬리즈 시인에 대한 헌정의 의미를 내포하는 것 같습니다. 쉬리즈 인용이 포함된 2절 가사 일부를 소개합니다. 중국어로 맞춘 라임을 우리말로도 맞춰보았습니다.

한물간 주인공을 잊으려 했어

이겼던 꿈 하나는 잊을 수 없어

유구한 속임수에 내 충성 바쳤어

시험에 부딪히면 잔인도 바쳤지

대체 일생을 어떻게 소진했지?

후퇴한 우산을 펼치네

폐기된 총알 속에 재회하네

올바름을 지키는 게 잘못이니?

석양별에 사는 건 인정 못 하지

나 아직 살아 있는데 너희는 어떻게 웃을 수가 있니?

이 자체로 훌륭한 시인 것 같습니다. 다음
링크는 디우라이카의 공연 동영상입니다.

디우라이카
공연 동영상

절반의 중국을 건너는 섹스

위슈화余秀華
（1976~）

위슈화는 최근 10년 안쪽의 중국 시단에서 주목받는 여성 시인 중 하나입니다. 이 시인은 출생 시의 뇌 손상으로 행동이 불편하고 발음이 불분명한 장애인이라는 점에서 더욱 관심의 대상이 되었지만, 그 이전에 시 자체가 주목받기에 충분한, 전에 없던 독특한 개성을 보여주었습니다. 그녀는 고등학교 졸업 후 농민 남성과 결혼하여 농민으로서 생활하며 시를 썼는데, 1998년에 첫 시를 썼고 본격적인 시 쓰기는 2009년부터 시작했다고 합니다. 그녀의 대표작인 「절반의 중국을 건넌다 너와 자러穿過大半個中國去睡你」는 2014년 10월에 지어져 인터넷을 통해 발표되자마자 폭발적인 반응을 불러일으켰고 중국작가협회 기관지 『시간詩刊』이 바로 그다음 달에 그녀의 시 아홉 편을 게재했습니다.

「절반의 중국을 건넌다 너와 자러」는 그 제목부터 충격적이었습니다. 시인이 밝힌 바에 의하면, 이 제목은 시 쓰는 친구들과 온라인 채팅을 하던 중에 농담으로 했던 말이라고 합니다. 농담이었지만 위슈화는 이 말이 시가 될 수 있겠다는 생각이 들었고 그래서 시를 썼습니다. '절반의 중국을 건넌다'라는 말의 느낌도 심상치 않지만, 더욱 문제가 되는 것은 '너와 자러'라는 말입니다. '너와 자러'는 "睡你"를 글자 그대로 번역한 것입니다. 하지만 이 말의 속뜻은 '너와 섹스를 한다'라는 뜻입니다. 우리말에서도 '너와 잔다'라고 하면 그냥 함께 잔다는 뜻도 되지만 섹스를 한다는 뜻으로도 사용되지요. 그래서 일단 '너와 잔다'라고 번역하기는 했지만 실은 '너와 섹스한다'라고 하든지 아예 비속어를 써서 '너를 따먹는다'라고 하는 편이 더 정확한 번역일 수도 있겠습니다. 시의 첫 행에 "睡你"라는 능동태와 "被你睡"라는 수동태가 함께 나오는데 '너와 잔다'라는 번역은 우리말로 수동태를 만들기가 곤란합니다('너와 섹스한다'라는 번역도 마찬가지입니다). "내가 너와 자는 거나 네가 나와 자는 거나 비슷해"라는 점잖은 번역은 그래서 나온 것인데, 점잖기를 포기하면 '너를 따먹는 거나 너에게 따먹히는 거나 비슷해'라는 명쾌한 번역이 가능해집니다. 영어로는 'fuck'이라는 말을 사용할 수 있겠지만 이것은 너무 직접적이어서 적절하지 않은 것 같습니다. 한 영어 번역자는 "sex is the same on top or bottom"이라고 멋들어지게 번역했지만 위나 아래냐가 꼭 능동/수동의 구분과 일치하지는 않을 것 같습니다.

사실은, 내가 너와 자는 거나 네가 나와 자는 거나 비슷해, 다만
두 육체가 충돌하는 힘일 뿐, 다만 그 힘이 강제로 피우는 꽃
일 뿐

다만 그 꽃이 거짓으로 꾸며내는 봄이 생명이 다시 열린다고
우릴 착각하게 하는 것일 뿐

"내가 너와 자는 거나 네가 나와 자는 거나 비슷해"라는 첫
행은 이 시의 전체적인 프레임을 마련하는 중요한 진술입니다.
'너'를 대상으로 '나'가 섹스의 주체가 되는 능동태의 섹스와 '나'
가 '너'의 섹스의 대상이 되는 수동태의 섹스는 사실은 같을 수
가 없습니다. 같기는커녕 오히려 정반대입니다. 그런데 이 시는
그 두 가지가 비슷하다고 하면서 시작됩니다. 어떻게 비슷하다는
것일까요? 그 두 가지는 "두 육체가 충돌하는 힘일 뿐"이라는 점
에서 비슷하다는 것입니다. 그 힘은 꽃을 피우지만 그것은 강제
로 피우는 것이고, 그 꽃은 봄을 만들지만 그것은 거짓으로 꾸며
내는 것이고, 그 봄은 생명을 다시 여는 것 같지만 그것은 우리의
착각(오해)일 뿐입니다. 섹스-육체-힘-꽃-봄-생명이라는 의미
의 연쇄에서 진짜는 존재하지 않습니다. 있는 것은 전부 가짜입
니다. 이 가짜의 연쇄는 "두 육체가 충돌하는 힘일 뿐"인 섹스에
서 출발했습니다. 그렇다면 섹스는 "두 육체가 충돌하는 힘" 이
상의 그 무엇이 될 수는 없는 것인가, 라는 의문이 떠오릅니다. 일
단 의문을 남겨둔 채 다음으로 넘어가겠습니다.

절반의 중국에는, 모든 일이 다 일어나지. 화산이 분출하고, 강물이 마르고

관심받지 못하는 정치범과 유민 들

총구 앞에 놓인 고라니와 두루미 들

나는 빗발치는 총알을 뚫는 거야 너와 자러

나는 수많은 검은 밤을 하나의 새벽에 눌러 넣는 거야 너와 자러

나는 수많은 내가 치달려서 하나의 내가 되는 거야 너와 자러

절반의 중국이 무엇일까요? 천재지변에 정치적 탄압과 사회적 소외, 일방적인 폭력과 살상. 이런 것들이 절반의 중국에 가득합니다. '나'가 이 절반의 중국을 건너는 것은 '너'와 자기 위해서입니다. 절반의 중국을 건너야만 '너'와 잘 수 있습니다. 여기서의 '너와 자는 것'. 이것은 섹스의 두 형태 중 능동태의 섹스를 뜻하는 것일까요? 그렇다고 한다면 이 여성 화자(시인이 여성이고 시의 화자도 여성이라 보는 게 온당하겠습니다)는 남성 중심적 사회에서 여성에게 할당된 수동태의 섹스를 거부하고 능동태의 섹스를 획득하려 하는 것이 됩니다. 그것은 절반의 중국을 건너야만 가능한, 대단히 위험하고 대단히 힘든 일입니다. 그래도 '나'는 위험을 무릅쓰고 온 힘을 다해, 수없는 도전의 반복을 통해 시간을 응축하고 자아를 집중시켜 절반의 중국을 건넙니다. 절반의

중국은 일단은 지리적인 것으로서 그만큼이나 멀다는 비유적 의미를 갖겠지만 동시에 중국에 사는 사람들의 절반, 즉 여성을 상기시키기도 합니다. 그러니까 이 대목의 묘사들은 젠더 상황에 대한 비유적 묘사로 이해될 수도 있습니다.

> 물론 나도 나비들에 이끌려 길을 잘못 들 수 있고
> 약간의 찬미를 봄이라 여길 수 있고
> 헝덴 비슷한 어느 마을을 고향이라 여길 수 있어
> 하지만 그것들은
> 모두 내가 너와 자야만 하는 이유야

절반의 중국을 건너는 과정에서 '나'는 오류에 빠질 수도 있습니다. 나비들에 이끌려 길을 잘못 들 수도 있고, 입에 발린 칭찬을 진짜 봄이라고 오해할 수도 있고, 고향(헝덴은 시인의 고향 지명입니다) 비슷한 마을을 고향이라고 착각할 수도 있습니다. 길을 잘못 들고 오해와 착각에 빠지면 절반의 중국을 다 건너지 못하게 됩니다. 하지만("而"를 '그리고'라고 번역해도 됩니다) 그런 실패의 가능성 때문에 오히려 '나'는 반드시 '너'와 자야만 합니다. "내가 너와 자야만 하는 이유"는 '내가 너와 자는 빼놓을 수 없는 이유'라고 번역할 수도 있습니다. 결국 비슷한 뜻이 되기는 하지만, 뉘앙스가 다르고 어법적 파악이 다릅니다. 불가결한必不可少 것이 '내가 너와 자는 것'이냐 '이유'냐의 차이입니다. 어느

266

쪽으로 보든, 아직 '나'는 절반의 중국을 다 건넌 것이 아닙니다. 지금 '나'는 건너는 중입니다. 건너기에 성공할지는, 그리하여 '너와 자기'를 이룰 수 있을지는 아직 알 수 없습니다.

그런데 절반의 중국을 건너 획득하려는 '너와 자기'는 과연 능동태의 섹스인 것일까요? 우리가 앞에서 남겨두었던 의문을 다시 불러오겠습니다. 섹스가 "두 육체가 충돌하는 힘" 이상의 그무엇이 될 수는 없는가,라는 의문입니다. 섹스는 능동태나 수동태 중 하나일 수밖에 없는 것일까요? 설사 위치가 역전될 수 있다 하더라도 젠더 간의 지배와 피지배라는 형태로밖에는 존재할 수 없는 것일까요? 능동/수동, 지배/피지배라는 이항 대립을 넘어설 수 있다면 그때 섹스는 "두 육체가 충돌하는 힘" 이상의 그무엇이 될 수 있을까요? "절반의 중국을 건넌다 너와 자러"라는 제목에서부터 제시된 '너와 자기'에서 능동태도 수동태도 아닌, 지배도 피지배도 아닌, 그 이항 대립을 넘어선 섹스에 대한 지향을 감지한다면 이 감지는 시인의 의도에 반하는 것일까요? 반대로 혹시 이것이 시인의 의도일까요?

시인의 의도가 무엇이었든 간에 시 자체는 그런 감지를 가능하게 해줍니다. 시의 결미 부분에서 진술되는 잘못 든 길, 오해된 봄, 착각된 고향은 '절반의 중국을 건너 너와 자기'라는 '나'의 과제를 방해하는 것임이 분명합니다. 그것들은 '나'가 '너'와 자야하는 이유입니다. 그것들을 극복하기 위해서라도 '나'는 '너와 자기'를 이루어야 하는 것입니다. 그것들은 시 첫 부분에 제시되었던 가짜의 연쇄에 속합니다. 가짜의 연쇄를 벗어나서 진짜를, 즉 자발적으로 피는 꽃, 그리고 진짜 봄에 진짜로 소생하는 생명을 획득 가능하게 해주는 섹스는 능동/수동, 지배/피지배라는 이항 대립에 갇힌 섹스가 아닐 것입니다. 이것을 저는 정신분석적 의미에서 에로스라고 생각합니다. 생의 충동 에너지인 에로스가 가장 잘 발현되는 곳이 섹스입니다. 섹스는 부정되거나 억압받아서는 안 되고 오히려 긍정되어야 하고 추구되어야 합니다. 그 부정과 억압은 여성에게 더 많이 가해지겠지만 남성 역시 예외는 아닙니다. 아니, 여성과 남성이라는 젠더의 이분법 자체도 부정과 억압의 한 양상이 될 수 있습니다. 이렇게 보면 절반의 중국을 건넌다는 것은 그 부정과 억압을 횡단하여 긍정과 추구에 도달한다는 것입니다. 절반의 중국을 건너기 전의 섹스와 건넌 뒤의 섹스는 같은 것일 수 없습니다.

그런데 이상 살펴본 바와 같은 주제의 문제만큼이나 주목해야 할 것이 이 시의 언어입니다. 정교하게 다듬어지지 않아 거친 맛이 있습니다. 그러나 그 거칢이 펄떡이는 물고기처럼 싱싱하게 느껴집니다. 길들지 않은 야생의 느낌입니다. 그 야생의 언어가 그에 걸맞은 리듬과 한 몸이 되고 있습니다. 이 시가 발표되자마자 수많은 독자를 사로잡은 데는 그럴 만한 이유가 있는 것입니다.

이 시를 가사로 삼아 곡을 붙인, 가수 샤오레이의 노래가 있습니다. 가사와 원시 사이에 적지 않은 차이가 있군요. 가사는 다음과 같이 시작합니다.

사랑의 봄날을 나는 꾸며내지 못해, 어떤 일들은 너무 분명히
하지 말아야 해.
그 자리에 선 채 기다리는 것보다, 발걸음을 내딛는 게 더
좋아.
생명이 다시 열리는 거라 여기나, 나비에 이끌려 길을 잘못
들지.

원시의 처음 두 행이 삭제되었습니다. 이 시의 전복顚覆과
역설은 처음 두 행에서 그 프레임이 짜이는 것인데 작사가 평사
오는 이것을 왜 삭제했을까요? 삭제되지 않은 부분들의 의미도
세부적으로 조금씩 바뀌고 원시에 없는 구절들이 적지 않게 등장
하는 점도 눈에 띕니다. 가사의 끝은 다음과 같습니다.

생명이 다시 열리는 거라 여기며, 나는 최후의 사랑을 지
닌다.
산과 강을 지나고 사람의 바다를 지나며, 내내 인생의 이정표
를 찾는다.

이렇게 되면 '너와 잔다'라는 말이 갖는 전복과 역설은 다 사
라져버리고 상투적인 교훈의 확인만 남습니다. 원시에서는 착각

(오해)의 형태로 나타났던 '다시 열리는 생명'이 "최후의 사랑" "인생의 이정표"와 함께 직접적인 추구 대상이 되고 있습니다. 가사의 중간에는 다음과 같은 대목이 나옵니다.

나는 찬미를 봄이라 여기고, 헝덴을 고향이라 여기네.

우선 헝덴은 위슈화 시인의 실제 고향이고, 원시에서는 "헝덴 비슷한 어느 마을을 고향이라 여길 수 있어"라고 한 것이니 가사의 "헝덴을 고향이라 여기네"는 일단 말이 안 됩니다. 그리고 가사에서는 봄이라 여기고 고향이라 여기는 것이 긍정적 의미로 나타납니다. 하지만 원시에서 그것들은 길을 잘못 든 예들로서 부정적인 의미를 띕니다. 원시의 두께가 가사에서는 거의 다 사라져버리고, 가사에 남은 것은 평면적인 순진성의 세계입니다. 리듬도 가사에서 상당히 순화되고 있습니다. 가사와의 대조에서 원시의 모습이 더 잘 드러나는 것 같습니다.